# たえしのぶ花

## アルコール依存症と共に

秋山くに子

文芸社

# このたび、自分史の発刊にあたり一言

これまで何かが変、と思っていました。それはアルコールに問題があったのです。アルコールは、ずーっと古い時代から飲み継がれてきたものです。ですから、その害の社会的・文化的な問題は、一家族の中で解決しようとしてもしきれるものではありません。

家族全体を葛藤の泥沼に巻き込むアルコールの害は、さまざまな問題をはらみます。この本を読んで頂きます時にあらかじめご了解しておいて頂きたいのが、心の病気、病識の欠如、否認の病理、反省・内省の欠如、抑制欠如というような言葉がたびたび出てくることです。そして依存的性格のため、同じことを何回も繰り返してしまいます。

「依存」と「攻撃」がこの病を抱える者の特徴的性格であるため、周りからの暴力や暴言がどれだけあったことでしょう。飲み続けている故に、身体的疾患、全身の臓器障害に陥っております。必然的に、そんな患者を抱える家族にも病に冒される者が多くいるのです。

アルコール依存症の治療は身体の治療に加え、心の治療、社会的問題の調整とその解決にあります。たとえ対決的な態度で倫理的変革を迫っても、この病を理解していない人、受け皿のない人達にはとうてい理解されず、かえって逆恨みや反発を招くだけでしょう。

次に必要なことは、教育的治療です。

いつも酒に酔った頭で自己中心的な思考しかしませんから、聞く耳を持たない人達にはこの病をなかなか理解してもらえません。心開こうともしてもらえませんでした。

命長き時代です。どのようなアルコールの飲み方をすればいいというのでしょう。どのように生きていけばいいのでしょう。

アルコールに関しては、現在の大学医学部でも教えないとのことですが、家庭などでどのようなアルコールの飲み方をすればいいかを話し合って頂けたら光栄に思います。

たえしのぶ花〜アルコール依存症と共に◎目　次◎

# これまでの概略

昭和五十四年七月十九日、結婚して十年目のことでした。この間私は夫の親代りD家一族（夫をふくむ）と媒酌人達に次のような注意を受けました。

その一、私が悪いから夫が酒を飲む
その二、酒は飲むもので、のまれるものではない
その三、借金は自分達で返済せよ（借金のことを私に隠して結婚しましたので私の借金ではありません）
その四、私が苦労知らずで気の強い、我儘な女であるということ
その五、夫が吐血したあと、私が夫に酒を飲ますのをいやがるのは好ましくない
その六、夫は酒は人を狂わす水とわかっているから、それで死ぬなら本望だ
その七、私が酒を飲まないから、酒飲みの気持がわからない
その八、金は「生きた金」を使え

ということでした。夫の親代りであるD家の長男から私は夫を紹介されましたが、この時誰も助けてくれず、借金は「のちに」自分達で少しずつ払い終わりました。そして離婚させてくれとお願いしましたが、D家一族と媒酌人の間でどういう話になったのか、離婚するのは変だということになったのです。

この時関わった人の中に、個人病院のH内科医がいました。当時五十代だったでしょうか、スイミングスクールの会長をしていました。D家の長男がそのスイミングスクールの副会長をしていました。市立救急病院に勤めていたF薬剤師もいました。D家の三男は、昭和五十三年五月十四日に結婚式を挙げられました。それまでD家の三男はこちらにおられなかったのです。夫の何を知っていたというのでしょう。私から夫の話は何一つしたことがありませんでしたから、何も知らなかったはずなのです。

この時、F薬剤師が夫に神社にお参りに行かせていました。自身が信仰している所でした。しかしお参りしても夫の飲酒が良くなることはありませんでした。D家の長男の嫁が睡眠薬を買いに行かれ、私は飲ませられました。

H内科医は、I精神病院へ入院させるようにと紹介状を書いてくれました。そしてD家の方には、病院を変えないようにと指導していました。I精神病院は、田舎にある小さな病院です。私はいまだにこのH内科医とは面識がありません。

結婚当初から、私は「何も言うな!!」「何も言うな!!」と言われ通しでしたが、この時も何も言わないようにと言われたのです。ですから、病院側に私の話は何も聞いてもらえないままでした。しかも病院には、私が悪いから入院させたということになっていたようです。大酒飲みの夫の家庭内暴力はともかくとしても、他人様への暴力をもI医師は許されたのです。

そしてD家長男の嫁は過去のこと、昔の仕来りは切り捨てなさいと言いました。しかし切り捨てろとは言葉だけ、表面だけのことでした。ここでも媒酌人が割り込んできたのです。私の過去は二度にわたって捻り潰されたのです。

母は、実家に帰ってくれれば良いと言ってくれたそうなのですが、媒酌人が「実家は帰るところではない」と私におっしゃいました。

昭和六十二年、新聞で「アルコール問題全国市民協会」(現在:「アルコール薬物全国市民協会」)のことを知りました。別の市で、アルコールの治療をしている病院があることも知りました。それに私は、母方の祖父の仕事仲間Jさんから、酒の飲ませ方と酒の断ち方を教わっておりました。Jさんには、祖父の仕事仲間の方が私に何かあるということを話していたようです。それ故、私は極秘に半年間病院に行ったのです。

昭和六十三年三月三十一日、夫は何日も眠っていないと、そこらにある物に当たり散らしました。

昭和六十三年五月三日、夫の兄に「病院に連れて行って下さい」とお願いしました。父は、そのようなことを言ってと申しましたが、D家の長男から、「俺はするよ」と言われました。そして「嫌がらせ」と「いたずら」は続いたのです。

昭和六十三年六月二十四日、D家の嫁と三人で、アルコール専門病院で専門医の診察を受けましたが、コントロール障害だと言われました。しかし嫁からは、「以後このような病院への出入りはまかりならん」と言われてしまいました。

近所の方で、D家の長男の知り合いG氏は、私がアルコールの治療など勉強するなんて、訳のわからない嫁だとおっしゃいました。そして、「こんな嫁など叩いて教育し直せ!!」と夫に言ったのです。

G氏は志願兵として入隊した経験があり、叩かれて教育されたのだと聞いております。

G氏は私が出かける時など監視しているかのようで、D家長男のスパイをしていたようです。嫌がらせやいたずらなど、どれだけされたことでしょう。それに自分が軍隊で叩かれたから、他人にも叩けばいいのだと、なぜそのようなことを言ったのでしょう。彼の善悪の判断基準を疑いました。

夫の兄に病院へ連れていって下さいと頼んだ時のことですが、テレビのコマーシャルでした。今となりました時には、兄弟と家族の病気はどのように進行していますでしょうか。アルコール依存症という病気が慢性進行性致死症とのことでした。命あるもの、一度は訪れる死ではありますが。

昭和六十年三月二日、退院後のことでした。D家長男の嫁が言われるには、夫のために娘が看護婦さんになったのだそうです。この看護婦さんに尋ねますと、アルコールの病をかかえる患者は、自分達にとっては迷惑な存在だとのことでした。そして、アルコールの害や自殺に関し、何の理解も頂けませんでした。アルコールの害など、当時は学校でも教えていないとのことです。

アルコールの害に関し、私の祖母が話していたことといえば、酔っぱらえば夏なら転んで怪我をするし、冬なら凍死してしまう。大切な書類に印鑑を押さなければならない時など酒を飲むのは良くない。飲んでいて不用意に押したものにも責任が生じてくると。

# 祖母からの話

私は昭和二十二年四月に生れました。生れた時は産声もあげず、仮死状態だったそうです。助産婦さんが足を持って逆さにし、お尻を叩いて初めて声を出したとのことです。母は母乳が出なかったので、重湯と貰い乳をしておりました。貰い乳した方の家には、大きくなってからも必ず立ち寄りお話ししておりました。離乳食になりましてからは、一日中祖母に連れられ、弁当持参で出かけていたとのことです。祖母が逝ってしまうまで、私はいつも祖母と一緒にいたと思います。祖母が仕事で外出する時など、どんな時でもそのあとを追っていたということでした。記憶は薄れても、その時の思い出の品は祖母が亡くなっても十年ぐらいは残しておりました。

私の幼児期は大変まめな子だったと祖母は申しておりました。

小学校の初めての遠足の時にも祖母が来てくれたことを覚えております。遠足には、祖母のほかには誰もついてきている家はありませんでした。私達生徒は六年生の方が手を引いてくれていましたので、祖母は担任の先生と一緒に歩いておりました。地元だったこともあるのでしょう。祖母も行きたかったのかも知れません。

昭和二十九年十二月二十日過ぎのことです。祖母は結核性の痔になり、病院にあと五分遅く着いていたら命はなかったとのことでした。この騒動の時、初めて子供だけが家に残されたのです。まだ私は食事の用意が出来ませんでしたので、とても辛い思いをしました。父は仕事に出ておりましたし、他の人は皆病院に行って留守でした。私は四女の妹と一緒に泣いておりました。その時、いとこ（伯母方）が食事の用意に来てくれたのです。祖母のいとこのことはほとんど覚えていないのですが、この時来てくれたいとこのありがたさはいまだに記憶にあります。祖母の手術の日は餅搗きの頃でした。

それから四年か五年後のことです。母が鎖骨を骨折しました。この時も母の友達が来てくれて、家事をやってくれました。この時も祖母のいとこは、父の仕事の手伝いにも来てはくれませんでした。

少し脱線しましたが、祖母の話に戻します。

祖母は痔の手術のあと、仕事をすることはありませんでした。祖母が亡くなるまで、何年くらい祖母の実家の墓参りに行ったでしょう。一緒に出かけたのは私一人だったと思います。この間、祖母は色々な話をしてくれました。私は七歳の頃からのことはだいたい覚えています。祖母の弟さんは別の地方で仕事をしているとのことでした。家屋敷がどこにあったかも、その家がどのようになったかも話してくれました。養子に行った弟さんの行き先も教えてくれました。

平成二年七月に母が逝きましてからは、伯母の同級生の方と祖母の養子に行った弟さんの家と、仕事上のおつき合いをしておりました。伯母と同級生だった方が、祖母の実家の料亭は放火により焼失したと話してくれました。同級生も一緒に焼け出されたとのことでした。この方がもう一人の弟さんのことも知っておりました。伯母と二人して、色々なことを教えてもらったものだと話してくれました。養子に行かれた所の方は、平成二年当時高校の先生をしておられました。養子先の方が大正十四年、二十七歳の若さで帰らぬ人となったそうです。結核だったそうですが、九大病院で亡くなられたとのことでした。

大正十四年当時は国鉄がありました。電車に乗り遠足に行きました。学校の行事はほかにも運動会や学芸会がありました。私が小学四年生の時、祖母は母と二人して絣の着物を仕立ててくれました。しかし手術後は、私の学校行事に出かけてくることはありませんでした。入学当時の遠足に来てくれたのが最後になってしまいました。

小学生の頃、毎日のおやつは祖母の部屋で頂いておりました。学校での話やら、学校の行き帰りに年上の男の子からいじめられた話やらしておりました。いじめられるのは毎日のことでした。たまにはひどいいじめにもあいました。その時祖母から注意されたことを覚えています。

昭和四十三年三月二十六日、東京から彼岸の墓参に来ていた母方の祖父を皆で見送りに行きました。ちょうど伯母方は初孫の初誕生日で、祖母にとっては初めての曾孫の誕生でした。祖母の代りに祖父を見送りに行っていて、留守中での出来事でした。この日に祖母が亡くなりました。

祖母が三つの約束事を残したことは、伯母と父と私の三人の中では一度は通用しましたけど、祖母のいとこA家の親子とC家当主（私達夫婦の媒酌人）、D家（夫の親代り）親子が介入された時には、祖母との約束事は二度は通用しませんでした。

その時の約束事で、祖母が父の酒の飲み方を心配していたことだけが、現在に至るまで私の心に残っています。村で行われる色々な行事の時、酒席となる際に父が早く席を切り上げられないため、母と私の二人に「もう帰ってよいでしょう」と声をかけられ、迎えに行ったものでした。私の結婚に対しては、祖母の遺言状はありませんでした。

A家の祖母のいとこは私の見合い話を断わるための日本酒の一升瓶を父からもらい、どれだけ持って帰ったことでしょう。アルコールの害は、祖母が心配していたとおりでした。凍死や怪我、現在なら車による事故も少なくありません。それに、財産を飲み潰してしまった話も少なくないのです。

私が大きくなってから祖母がよく話してくれた言葉は、「郷に入れば郷に従え」でした。しかし大酒飲みに従う必要はなかった様に思えます。夫のしゃべる言葉が何か変だと思っていましたが、今思えばアルコールが言わせていたのでしょう。アルコールも、その世界にどっぷりと浸かってみて初めてわかるものです。

もう一つ祖母が話していたのは曾祖母のことです。昭和三年十一月三十日に祖父が三十八歳の若さで、祖母と曾祖母を残して逝ったあとのことです。祖父は曾祖母にとっては只一人の子供でした。子供を亡くした曾祖母は、それ以後酒浸りになったということです。そして飲むといつも同じ話をしていたそうです。昭和四年から昭和十四年四月に逝くまでの約十年のうち、七年間は寝込んでしまいましたが、三年の間は酒を飲んでばかりいたとのことです。そしてボケてしまったのです。ボケているためもあったでしょう、寝たきりになってからは介抱しやすかったとのことです。

祖母は一人で野良仕事をして、子育てと曾祖母の介護で寝る時間もあまりなかったといいます。当時は家族の衣類も全部、祖母が仕立てていたとのことです。ですから私が小学校へ入学した頃も、毎日着ていく物は作ってくれていました。病気になる前までは、小物入れまで全部が祖母の手作りでした。現在では考えられないことでしょう。

他人に対し、「うかつなことを言ってはいけない」というのが祖母の教えでもありましたが、現在は、自由だからといって言いたい放題、したい放題の世の中です。しかしそれが本来の「自由」というものでしょうか。人と人との約束事だって、しっかりと守っている人がどれだけいるでしょう。

# 母方の祖母の死に思う――昭和三十三年九月九日死去

昭和三十三年といえば、私が小学五年生の年です。その時のことで覚えているのは、担任の先生に告別式への参列を報告に行きました時、なかなか言葉が出てこなかったことです。

昭和二十九年十二月に実家の祖母が手術してからは、両親が仕事をしていたこともあり、母方の祖母に色々と世話をやいてもらいました。遠足の時など、食べ物を買ってきて弁当を作ってくれたものです。

夏休みの盆踊りには毎年祖母のもとに出かけていました。ゆかたは二枚用意されていました。毎晩遅くまでいても怒られることもなく、本当に楽しいひとときを過ごしていました。私は祖母の所でレコードを聞いて色んな歌を覚えました。祖母の実家、祖母の妹さんの住む家にもよく連れていってくれました。バスで行ったのですが、道が狭くて怖い思いをした記憶があります。

小学校入学前の二月、足が強くなるようにといって、山の上で行われるお祭りに連れていってくれました。現在も行われているお祭りですが、中途までしか登ることが出来ませんでした。この地方では、このお祭りの時季が一番寒い頃だと言われています。しかしその時以来一度も行ったことはありません。

祖母は六十一歳で亡くなったのですが、少し早かったように思われます。しかし、東京からこちらへ引き揚げてくる途中、すんでのところで命拾いしたとのことですから、死去までの十五年間は命長らえたことになります。

祖母は独り暮らしをしていましたが、逝ってしまってからは、祖母の住まいは叔父達により引き払われました。しかし墓地だけは昔のままで、今でもこちらにあります。

祖母が亡くなった時、実家の祖母が言った言葉が耳に残っています。母方の叔父を前にして、「どうぞ我が家と思って、こちらへお帰りになって下さい」と言ったのです。その時母方の祖父が私に、「可愛い女の子になるのですよ」と言いました。その祖父の願いも今は……。

それ以後、祖父と叔父のどちらかが帰ってくるようになりました。叔母もこちらの出身の方でした。しかしその叔母も五十一歳という若さで帰らぬ人となり、叔父も五十二歳で亡くなり、遺骨となって帰ってきました。

祖母が飼っていた犬は室内犬でした。祖母が亡くなる時も部屋にいたのですが、以後我が家に連れてきて、やはり部屋に上がってきたものです。昼間は庭にいても、夜になると部屋に上がってくるのです。しかしその犬も、長く生きることはありませんでした。

また私は小学校入学前までおねしょをしていたのですが、恥ずかしくて叔父には言えませんでした。

良い思い出、悪い思い出、色々あるものです。

# 成人式から見合いまで

昭和四十三年一月十五日は私の成人式の日です。

祖母は祖母のいとこ達のことを心配していました。祖母の実家に対し、過去にどのようなことをしたかの記憶が鮮明だったからでしょう。Ｂ家のことは伝わってきてはいました。Ａ家の当主とＢ家の当主の妻は祖母のいとこであり、昭和三十五年にはＡ家の娘さんがＢ家に嫁いでいました。Ａ家の当主は娘さんの兄と弟二人に財産を分けるのだけれど、その財産が少ないと常々申しておりました。

成人式を済ませたあと、祖母がＢ家に私を連れていきました。家には兄と本人がおられました。嫁は留守でした。

帰りの車の中で祖母が言うには、「Ａ家とのおつき合いは、自分の死後必要ない」とのことでしたが、このことは妹（三女）にも話していたようです。

この当時、昭和四十二年の水害によりこわれた箇所の土木工事が行われていたのですが、私はその事務の仕事に就いていました。お天気の良い日には、祖母もこの現場を見に来たものです。その祖母が「今日も行きますか」と話しかけてくるのですが、私はその時何のことを言っているのかわかりませんでした。実は、母方の祖父が墓参りに来たのです。その祖父に「長旅お疲れさまでした」とあいさつと同じくして、祖母が餞別を渡しました。そ私は餞別はあとでもいいでしょう、といったん祖母に返しました。

この時は三週間ぐらいはいたでしょうか、その間祖父が兄弟の所へ行くことはありませんでした。祖父がその時に祖母の部屋を修理していたためでした。

昭和四十三年三月二十六日、祖父は一人で東京に帰っていきました。祖母は祖父と二人で夕飯を食べたあと、行かれる所まではと、祖父を見送りに出たのです。

荷物を持って駅までみんなで見送りに行って帰ってみると、先に帰っていたはずの祖母の部屋に明りがありませんでした。祖母が亡くなっていたのです。祖母は何もなかったかのような安らかな顔をして眠っていました。そうして迎えたいものだと祖母が願っていたとおりの死に様でした。

しかし私は、この時に自分の人生が終ったかのように思ったのです。こんなに辛い思いをしたのは後にも先にもありませんでしたから。

祖母の忌明けを待っていたかのように、A家の祖母のいとこが我が家の跡継は長女でなければならないと言い出したのです。そしてB家の弟さんとの見合い話が私に舞い込んだのでした。B家の父親が何かわからない血液の病気で亡くなっていられると言いますと、父が「そのようなことはない」と言い切りました。しかし私は、「そんなにほしいのなら、B家の弟さんを養子にもらい、嫁をもらってやればいいじゃないか」と父に申しました。すると「そのようなバカなことはしない」と言いました。

私がB家の弟さんの話を断りましてからは、A家からは見合いの話は来なくなりました。同じ頃、水害補修の工事は追い込みに入っておりました。ある日、本社の上司が来ている前で、父が私の話を聞くこともなくいきなり怒り出したのです。父は私の帰りが遅いということで怒りました。その前に帰りが遅かったので、帰りが遅くなることを怒っていたのでしょう。でも会社の人達は皆親切にしてくれ、仕事はあるから来なさいと言ってくれていました。

しばらくの間は見合いの話も来なくて、静かな日々が過ぎていました。十一月の猟の解禁があってからのことです。A家の当主と猟仲間であったC家のご主人が我が家に立寄られました。これまでは何のおつき合いもなかった方です。祖母から色んな話は聞いてはいましたが、そのお宅へ伺ったことは一度もありませんでした。私は、C家のご主人が何のために立寄られたのかと母に聞きましたが、母は何も知りませんでした。

結局は、私の見合い話で来られたのでした。A家親子と夫の親代りD家親子で話が進められ、C家のご主人が媒酌人になるとのことでした。C家のご夫婦は、数多く媒酌人を務めてきたらしいのです。そんなことなど祖母も知ってはいたのでしょうが、口にすることはありませんでした。

ここの村は全部血縁関係にあります。その中に祖母の実家と母の実家はふくまれていません。ですから母もこの地の風習を知らなかった訳です。その娘である私も、以後苦労知らずのわがままな女と皆に言われました。

しかしこの時の見合い話はボツになりました。結局本人に会うこともなく終ったのです。D家の長男と私の父とは飲み友達でした。よくジンボビールを二人で飲んでいました。酒席の話題だったのでしょう、D家の長男の父親が夫の親代りをしている関係から、夫を我が家に養子に出してもいいと言われたのです。しかし私は「嫁に行きますから」と、その養子の話は断りました。その時D家の長男が、「しまった。もうしばらく待っておけば良かった」と言われたのです。変なことを言う人だなあとは思いました。

この頃、このD家には長女が生れていました。A家親子、D家親子、C家との間では、私の知らぬ間に、私の結婚話が進められていたようです。

祖母の三つの約束事は貫きましたが、養子縁組ではなく、全部が反対の事態を招いたのでした。

# 夫との見合いから結婚まで

「ああだ」「こうだ」と言いながら、結局は夫と見合いする運びとなりました。この時も、伯父と伯母には声をかけませんでした。

初めて会った時、夫の顔には険があると思いました。父に、夫のことを調べてほしいと言ったのですが、父は「誰にだって過去はある」と言って取り合ってはくれませんでした。そして早くも結納の日取りが決まったという事をD家の長男から話されました。D家の長男が夫を初めて紹介された時に、D家の長男の話されるには、夫が大酒飲みだというのです。その時私は、「酒は飲んでものまれないように」と言いました。それを彼はどのように受け取ったものでしょう。その言葉は夫には伝わりませんでした。当時、夫はすでに酒にのまれていたのでした。寝る所もなく、米を収穫し終った稲稈の中に寝ていたという話も聞きました。ホームレス同然の生活を送っていたのではないかと思われます。

父は「借金がありそうだな」とも言っていました。しかし前述のように、夫を許した父でした。

この結婚話が起きた時、只一人健在だった伯母が、どのようなことがあっても二度と養子を取るなどの話に持っていかないようにと言ったのでした。そして、この年の五月に夫の父親が亡くなっていました。これと関係なく急いで結婚することはないとも申しました。夫の借金についても、借金を払うようにとも言ったのでした。しかし父は、養子にもらってから夫の借金は払うと言ったのです。

平成三年に夫と一緒にカウンセリングを受けるまでの二十年間、私は夫の借金がどれだけあり、どれだけを返済したのかを知りませんでした。夫の兄が九割支払い、残りの一割を何も知らないまま、二人で払っているのです。借金は「結婚」してから払い、A家、C家、D家では全くかかわってくれませんでした。払いますという母の話は聞いてありませんでした。兄が九割払っていなかったら、実家の財産を全部処分しても払いきれる額ではなかったのです。父はこのことをどう考えていたのでしょうか。

昭和四十四年十月に結婚式を挙げました。その日取りも私を交えての話し合いはありませんでした。私は、D家の長男から結婚式の招待状を「プレゼントだ」と言って渡されたのです。その招待状の媒酌人の氏が間違って印刷されていました。私に言ってくれていればこんなことはなかったのにと思ったものです。

夫は自営業でしたが、当日のこの時刻は仕事上、大事な時刻でした。同業者に対してはどのように手配していたのでしょう。Ａ家もＣ家の媒酌人もそんな事情を知っていながらも、自己中心的な考えで決めた日時だったのです。母は知らされていませんでした。

会場は、親代りＤ家の職場の取り引き先でした。ここまでは、Ｄ家はいかにも夫の親代りをしているかに思えましたが、結婚式を挙げた翌日には話が違う方向に向かっていたのです。それは、媒酌人はＤ家の長男に頼まれて引き受けたということ。それまで夫も私もＣ家とのおつき合いはなかったのです。そして、この結婚は養子縁組だったということです。養子縁組に関しては、平成九年十一月三十日に媒酌人が文章にして残してくれました。

夫が話すには、借金は兄に払ってもらったから、兄の言うことは聞いた方が良い。媒酌人は、夫は現在自由の身だからいつでも連れて出ていい、と言われたというのです。人間が生活するに欠かせない衣食住を媒酌人はどのように考えていたのでしょう。夫に住まいはありませんでした。

夫がいつも出入りしていたスタンドバーのマスターからは餞《はなむけ》の言葉をもらったそうなのですが、それは「お前の酒の飲み方が悪いから、結婚するなら必ずや家庭をこわすだろう。以後自分の店には出入りするな」というものでした。このマスターは平成六年十二月四日の午前七時頃、母上をふくむ一家四人で焼死されました。前年の平成五年までは年賀状を頂いておりました。ご子息一人が残されたようです。

私の結婚に対し、母方の祖父の仕事仲間Jさんが、「何かあります。これまで何もあってなければ、親切をお受けしなさい」と言って下さいました。

私の実家の古い家の一部を改築しました時も、Jさんはお手伝い下さいました。Jさんはのちに私に色々な話をして下さいました。Jさんのお子さんが東京で開業医をしているともお聞きしました。

**（感想）**

私の結婚に対しA家が父に話していたのは、跡継は長女でなければならないというものでした。しかし結果としてその言葉に囚われなくて良かったと思います。B家を中心に考えていたら、現在のようになっていなかったでしょう。ましてや親子断絶もなかったはずです。あまりにも他人様を立てすぎたのです。

ただ一人の伯父が「あまり他人様を立てて」と私に怒ったので、次女の時にはその伯父を立てたのです。しかし伯父・伯母は、A家やB家にだまされていたのでした。昭和四十六年、実家の妹（次女）に子供（長女）が生れた時、伯父は「俺は媒酌人をするのではなかった」と言ったのです。B家長男の嫁の話によれば、B家三男との結婚はB家の財産目当てだったということです。

私が一人父に怒られる筋合いは何もなかったのです。その父は、今も私のことを怒っているのです。

# 結婚式から入籍まで

夫の借金の額を父が聞きますに、夫は六万円だと答えたそうです。しかし夫は私には八万円だと申しました。その内訳は、現在領収書を見ますと三年間の下宿代と保険金、仕事関係の借金一箇所となっています。

父も六万と聞いたのだから六万円だけ払えば良かったのです。伯母は、夫も父に気の毒で言えなかったのでしょうと言い、だから払ってあげなさいと言ったのでした。しかし伯母と父との間での話ならこれで終っていたのです。

A家の祖母のいとこが、夫の借金を突き出したのでした。そして、夫の仕事の様子が変だとも申しました。A家に何の関係があるというのでしょう。祖母から聞いていたとおり、A家とのおつき合いは必要ないと思っておりましたから。

D家の長男も、あれだけ父のもとへ飲みに来ておりましたのに、一ヶ月間私が実家にいました時に一度も来なかったのです。当の夫は毎日仕事帰りにD家に立寄っていたようです。母も、D家の長男も話しに来られたらいいのにと申しておりました。

結婚式から一ヶ月目のことでした。この日は祖母の実家の法事があったのです。祖母の実家の墓はA家が管理しておりました。この日はA家の長男と父と二人が仏様にお参りに行きましたが、帰る頃小雨が降り出しました。父を迎えに行く、行かないで母と夫が口論になったのです。夫は怒り、私を連れて媒酌人をしてくれたC家に行きました。

行くと、C家にはA家当主が来ていたのです。そしてC家の奥さんが、私達がC家に来ないのなら自分が迎えに行くつもりであったと言います。話が変な方向に行ってしまいましたが、A家が何の用があって私達とC家に立寄られたというのでしょう。

この時、私は祖母から聞いていた話を二つしました。A家とのおつき合いは必要ないということも話しました。しかしそれ以上、私が何を話せますでしょうか。

のちに、昭和五十五年八月二日、義理の弟が血液の病気で三十五歳という若さで他界しました。この時は妹と二人で看取ったのですが、祖母の心配していたとおりになりました。

結局、A家とC家と私達が何の目的があって話し合うのか、その意味がわかりませんでした。わかったことといえば、夫が私の両親に対し不満を持っているということだけでした。C家を出ましてからはD家に伺いました。しかし、D家は何のための親代りだったのでしょう……。いまだにわかりません。

すぐあと、私達は実家を出てD家に行きました。父を迎えに「行く」「行かない」でもめた結果でしたが、こんなことなど実家では普通の会話でしかなかったのですが、カッとなって怒り家を出ようというのですから、夫の真意がわかりません。どう話せば良かったというのでしょう。

だから伯母は、急いで式を挙げることはないと言ったのでしょう。私にとって只一人の伯父は、なぜ俺の所へ相談に来なかったのかと怒りました。他人ばかり立ててとも申しました。私の話し相手は、この伯父と伯母だけだったのです。

五月十九日に夫の父が他界しましてから、十月十六日の結婚式まで、親類の間で何の話し合いがされたのでしょう。その話し合いに私が参加することはなかったのです。ましてや、夫の借金の額も明かされぬままだったのです。額ぐらいは、父だって知る権利はあったと思います。D家だって話すべきだったのです。それに夫の仕事内容も、収入についても式の前に話しておくべきだったのです。

夫の兄に会ったのは、夫の父の納骨の時に見送っていった時と、式の時だけでした。D家で生活を始め二週間ぐらいたった頃でした。この時もD家からの申し出で話し合いが持たれました。D家を出る時に夫の叔父は、私には「何も言うな」と、私の母親には「何も言わないのなら実家に帰そう」と、D家の長男は「実家の財産は放棄せよ」と言われました。

それで実家に帰ったのですが、この時A家親子、C家当主、D家親子との話し合いが持たれたのです（後にも先にも私共との話し合いはこの時一度っきりでした）。しかし話は好転しませんでした。母はみんなを前にして、私の夫もはっきりと言ってくれればいいのにと申しました。借金なら私共で払いますからと。しかしC家媒酌人はそれには不服だったようです。

C家当主は、「借金は払ってから返す」と言われたのです。それもそのはずです、D家当主が私の実家には金がなさそうだと言うのですから。当時、D家の当主は船の設計技師をしておりました。私の方には財産がそんなにあるはずもありません。しかし結納金は私の父が出していたのです。結納金で借金を返済するだけのお金はあったのです。

結婚式前にC家当主が夫に、「いつでも私を連れて出て良い」と言ったのです。その時点で言うべき言葉だったでしょうか。結局D家もC家も夫の借金を払ってはくれませんでした。私達の結婚は、夫の嫁取りが目的だったのです。D家当主は、母に「養子を迎える心構えが出来ていない」と言って引き揚げていきました。

それ以後三回、父が夫に話し合いを求めましたが、夫は取り合いませんでした。

D家を出て、私達は二人で生活を始めました。

夫に母のことを一言言った時です。夫が「親のことは何も言うな」と怒り、私の顔を殴ったのです。この時夫の身内は、「夫婦喧嘩は可愛い」などと言って笑っているだけでした。結局正月も実家には行かずじまいでした。正月は夫とD家長男と三人で、私の伯父の長男宅に行きました。しかしそれまでD家長男は伯父の家に挨拶に行くこともなかったのです。よくもまあそれなのに長男宅に行けたものです。そしていとこに「あとはお願いします」と言ったのです。

実家を出る時、父が車を持っていきなさいと言ってくれたのですが、車はもらいませんでした。D家の親子で私には、一から始めなさいと言ってありました。それで夫が断っているのです。そんなこんなで、私が実家に帰ることもなくなっていました。

妹（次女）の結婚話が起きていたこともありますが、父が私の入籍がまだなのを夫に話しました。そこでD家長男に立会人をお願いしましたところ、「まだ入籍していなかったのか」と笑われてしまいました。どちらが放っておいたというのでしょう。結婚半年後の入籍でした。

入籍する前の月のことでした。どうしても実家に行かなければならない用事が出来て行きましたところ、父に叱られてしまいました。「他人様の前であのようなことを言って」と言うのです。祖母のいとこに、祖母との約束事を話した時のことを言っているのです。そして私の話も聞かず、「二度とうちの敷居は跨ぐな」と言ったのです。

昭和四十五年三月二十三日に母方の祖父が亡くなったのも知らされることはありません

でした。実家の祖母の三回忌の年に逝ってしまったのです。
この母方の祖父の死は伯父が教えてくれました。

昭和五十八年四月十三日、夫の親代りD家当主が自殺されました。警察の鑑定により四月十三日の死ということが判明しました。

私が実家から出される時は、実家の方が悪いのだと言った人です。その時、私は着の身着のままで放り出された状態でした。D家長男が夫を養子にやっていいと言った時です。その時もう一つ記憶に残る言葉で彼が言ったのが「何もなしから始めなさい」でした。何もなしからといっても、私の実家の方は夫の借金を払わなければならなかったのです。借金払いも媒酌人の方からさせてもらえませんでした。借金の九割を夫の兄が払ってありました。平成三年当時の貨幣価値で残が二百万円あったそうです。

夫の少ない収入の中からその借金を払いながら、夫が隠れて飲む飲み代は夫ともちでした。大変な生活でした。スタンドバーのマスターからあれだけの言葉を頂きながら、アルコールなど飲まなければ良かったのです。

結婚して夫が初めに私に話したのは、私との結婚で自分は助かったということでした。しかしその時はその言葉の意味がわかりませんでした。

# 妹の怒り

これまでは、Ａ家の当主も「跡継は長女でなければ」と言い続けておりました。しかし媒酌人Ｃ家当主が夫に言った言葉は、「現在は自由なのだから、いつでも連れて出て良い」というものでした。媒酌人たる者の口にする言葉でしょうか。いったい結婚とは、媒酌人のためにするものでしょうか。

長女の私が実家を出たもので、妹が怒り出しました。「私が家を出る」とのことでした。私は好きで出たのではないのに……。

夫は夫で別の叔父から、「養子に行かないなら親戚づき合いはしない」と言われ、嫌々ながら養子という形に納得したのです。しかし養子に出るのが嫌なら初めから嫁取りすれば良かったのです。私は住む家もない人と結婚させられ、しかもその人の借金まで返済しなければならなかったのです。結婚とは、そんな犠牲を払わなければならないものでしょうか。

妹の結婚式は昭和四十五年十一月三十日、祖父の祥月命日の日でした。婚姻届は出してありますが、やはり養子縁組という形でした。そして翌年の昭和四十六年四月二十九日に長女を出産しました。この時妹が話したことは、彼女の結婚は、B家の財産目当てだったということです。それもそのはずです。B家の方の財産分けをするには少ないと、A家の当主がいつも私の見合いの話を持ってきては、A家の当主は、長くは引けないと父に話し、酒を父にもらって、A家の当主が断りに行っていました。A家の当主はいつもB家の弟さんのことを話しておりました。

妹の媒酌人は父方の伯父でした。妹が長女を出産したあと、一人の伯父に私が話したことですが、妹は嫁に出すということになっていたのですが、B家の方では弟さんを養子に出すという話になっていたというのです。その話を聞き、伯父は「俺は媒酌人などするのではなかった」と申しました。

母方の叔父は叔父で、妹の結婚式に来ました時、私になぜ実家を出たのかと問いました。私は好んで実家を出た訳ではなかったのです。総てがA家とB家親子、C家、D家によってなされたことだったのです。夫も何も知らされていませんでした。そして彼らは総て私が悪いのだといって、私一人悪者にされたのです。

# 長男誕生――昭和四十六年七月

子供の名付け親は夫の兄にお願いしました。一度は断られましたけど、再び私がお願いして引き受けて頂きました。女の子の名前が一つと、男の子の名前が二つ書かれた手紙が届きました。その中の一つの名前をD家の叔母が採用されました。兄には私の方の事情は何も話していなかったのですが、その名が私の伯父と同じだったのです。伯母がどれだけ喜んだことでしょう。

出産の前に、私の両親が安産のお守りを持ってきて、お産の介抱は私達がいたしますと言ってくれました。しかしこれより先にD家がオムツ作りを手伝ってくれて、お産の介抱もしましょうと言ってくれていたのです。この時はまだ両親が来ていませんでしたから、私は何も答えられませんでした。

両親が来た時夫が、両親が来るのが遅いからもう他に頼んだと言って断ったのです。そのため両親は出産に立ち合うことはありませんでした。

伯母がD家に伺い、私達がするべきところでしたのに申し訳ございませんでしたと謝りに来てくれたのです。病院の見舞いはこの前に来てくれました。子供の黄疸がひどくて十日目に子供と一緒に退院しました。この足でD家の長男の所にお世話になりました。

三週間後、D家長男の嫁から「三週間もたったのだからもう家に帰りなさい」と言われました。夫が来ている時には何も言わないのに、私一人の時に言ったのです。ですが私は、「夫が迎えに来るまでお願いします」と申しました。

自分の家に戻りましてから、夫と二人で買物に行き、D家の叔母だけにはお礼をしましたが、夫からはお礼が少ないと言われてしまいました。D家長男の嫁にお礼をすることはありませんでした。

昭和四十七年正月。子供が生れてから初めての正月を迎えました。子供は五ヶ月半になっていました。

夫が友達の所へ行くと言い出し、自分一人で行けばいいのに私達親子を連れていきました。一度行ったことがあったお宅でしたが、正月に行かなくてもいいのにと思ったものです。それに五ヶ月半の子供と一緒なのに、泊まり込んでまで酒を飲み交わすとは思ってもいませんでした。今思い出しましても、あの時夫はひたすらに酒を求めていたのでしょう。友達一家は飲める口でした。

のちに夫が言ったことですが、私にもあのような酒の飲み方が出来ればいいのにと思ったそうです。私達にあのようによくして下さる一家とのおつき合いを続けながらも、それではなぜ夫はここの娘さんと結婚しなかったのか不思議でした。

よそ様に泊まり込んでの正月を送り、私は熱を出してしまいました。母乳も一夜にして止まり、全身に薬の副作用も出て大変な思いをしました。


夫の同業者Kさんのお宅に伺いお酒を頂いた時のことです。Kさんが子供がいやがるゴムの虫を持って来られたのです。それ以来子供はどんな虫でも嫌がる子になってしまいました。

のちに子供が塾に通うようになってからの話ですが、帰ってきた時全身に湿疹が出来ていたのです。聞くと、塾の窓が開いていて虫が入ってきたというのです。いまだに子供は虫アレルギーです。

そんなこともあったでしょうか、夫がKさんのお宅に酒を飲みに行かなくなったのですが、それはKさん宅に三人目の子供さんが誕生された後のことでした。赤ちゃんの顔を見るのがかわいそうと言って、それ以来、酒飲みに行かなくなりました。しかし私としては助かりました。どれだけ飲みに通ったことでしょう。一人で行けばいいものを、私を運転手にして夫は行っていたのです。

これ以前、夫は吐血していました。酒屋で立ったまま飲んでいた時に吐血したのです。これは大変だと思い、家に酒を置くことにしましたが、結果的に飲む量が多くなってしまったようです。

L胃腸科病院の医師には入院をと言われましたが、子供もまだ小さかったので私がまだ仕事が出来ないこともあり、通院して治療することになったのです。この時、L胃腸科病院の医師は夫の飲酒を許しました。当時夫は青年部長を務めていたのですが、そのストレスによる吐血だと判断したのです。アルコールは飲みたいだけ飲んでいいと許したのでした。何のために医者にかかったか……ここの医者が夫の吐血の原因を知ることはなかったのです。

私が酒の量が多いと夫に注意しました時、D家長男の嫁が私に「夫が酒を飲むのをいやがる」と言いました。そう言われましても私が何を言い返せましたでしょう。夫の暴力にしたって、夫婦喧嘩は可愛いものと言って笑っているだけでした。夫はやがて、片言の言葉を話し始めた子供にまで暴力をふるうようになったのです。子供の何がうるさいというのでしょう。この時私は、子供をぶつなら私をぶちなさいと言いました。そうすると、子供はぶたなくなったのですが、物に当たり出したのです。私が一言でも抵抗しようものなら大変でした。

借金を払っている頃はまだ静かだったのですが、払い終ると途端に暴れ出したのです。この頃は、風呂は銭湯に行っていたのですが、夫が赤ちゃんを迎えに来てくれることはありませんでした。本人も風呂に入ろうともせず、サシミを肴に晩酌をしていたのでした。子供はといえば、夫が帰ってきた時の足音が聞こえた時は片手にコップを持ち、片手で一升瓶を引っ張って玄関に迎えに出るのでした。このことを夫がD家で飲む時に自慢したものでした。

当時、夫は酒を飲む口実を作るために暴言を吐き、暴力をふるっていたのです。

昭和四十八年頃、朝新聞を読む手が震えていたので、「手の震えはアル中と聞くけど」と申しますと、バイクに乗っているから震えるのだと言い訳していました。家に酒を置くようになってから七年から八年間というもの、夫の飲酒はそれはもう大変なものでした。

夫は自分の借金を夫の兄に払わしておきながら、私を責める言葉は次のようなものでした。

一、私と私の親が悪い

二、酒はケチるな

三、楽しい酒を飲ませろ
四、酒を飲んで言ったこと、したことに責任はない
五、飲んで死ねるのなら本望
六、俺が稼いだ金で飲むのは勝手
七、俺が言うこと、することに間違いはない
八、私が酒を飲まないから、酒飲みの気持がわからない
九、俺の気持をくみ取れ
十、酒は飲ませて使わせて

結婚して十年間は、毎日外で飲んで帰り、うちで再び仕上げに飲んでいました。当時、職場にさえ四合瓶がどれだけ空になり転がっていたことでしょう。よその家にお邪魔しても、どれだけ飲んでいたでしょう。

昭和四十九年五月より、仕入れが朝になりましてからは年に一回あった同業者との慰安旅行では、毎年同じ方と喧嘩になったそうです。なぜ同じことを毎年毎年繰り返すのでしょう。酒を飲んでの喧嘩は近所においてもしばしばありました。

昭和五十一年、子供を幼稚園に入園させました。その幼稚園は近くにあったにもかかわらず、子供は不安だったようで、早くに帰ってくるのです。入園式の時など、式も終らないうちに、私よりも早く帰宅したのです。他の子供さんは泣きながらも帰る子はいませんでした。入園から一週間、幼稚園について行っていましたが、午前九時から三時間の間に子供は何回帰ってしまったことでしょう。子供に、お友達と遊ばずにどうして帰ってしまうのかと尋ねました。すると、子供が「ボクを幼稚園にやって、お父さんとお母さんはどこかに出て行ってしまうのでしょう」と言うのです。これを聞いて私はびっくりしてしまいました。『見捨てられ不安』といって、親がいつ自分の前から姿を消してしまうかわからないという不安に襲われていたのです。

こんな話を聞いて、子供に「幼稚園へ行きなさい」と強いることは出来ませんでした。そして子供には、お母さんがいるかいないか見に帰ったらいいと話したのです。それから約二週間、私はいつも家にいるようにしていました。この間、一日に三〜四回は帰りました。その後お弁当持参の通園となりました時には、弁当は二人で作り、バッグに詰めました。そして子供には「お弁当をしっかり見ていてね」と言い、お迎えの先生に渡しました。それからは、子供が早く帰ってくることはありませんでした。

子供のことでもう一つ気になっていたのは目のことです。私が祖母から受け継いだ遺伝的なものだったのでしょうが、子供は冬に咲く赤い椿の花が近くからだと見えるのですが、遠くからだと見えないというのです。この時に子供も目が悪いのに気づきました。しかし、毎日楽しそうに園に通っていました。

昭和四十九年を境に、夫はだんだんと荒れてきました。

夫は自分が酒を飲むための口実に、私が悪いから飲むのだと言うのです。D家やC家の方に、そう話していたそうです。

ですから私は、「私の悪いところを直すには、どこをどのようにすれば良いのか言ってくれ」と話しましたが、夫からの返事は一言もありませんでした。

家庭内暴力がなくなった頃、今度はその暴力が他人様に向けられるようになっていました。例の慰安旅行も喧嘩旅行になっていたのです。一度など、酔った人を海に突き落としてしまったとのことです。この話は、一緒に旅行に行かれた事務員さんが話してくれました。私はこの話を聞いた時、背筋を冷たいものが流れる思いをしたものです。その時に相手の方が水死でもしていれば、今頃私達はどのようになっていたでしょう。人を殺せば殺人罪に問われます。家庭内暴力だって同じです。仮に殺してしまえば殺人罪に問われます。

酒を飲んで言うこと、することにも自身に責任があるのですから。

こんな状態にありながらも、夫の親代りD家の人達は私が悪いと言うのです。C家の方は、そんなに心配することはないと言っていました。C家にとっては、D家に媒酌人をしてやったのだから、次はC家にしてくれとの思いだったのです。それ故、D家にとっては私が悪いということにしておかなければ何も出来なかったのです。

D家長男の嫁からは、私が苦労知らずのお嬢さん育ちだからわからない。戦争を知らない人には苦しみはわからないと言われました。本人は母親一人に育てられたとのことですが、当時は戦争で親が亡くなったという家庭は多くあり、夫も同じでした。また彼女は昔の仕来りなど切り捨てろとも言いましたが、これには返す言葉もありませんでした。それに、私が酒を飲まないから冗談も言えないのだとの暴言も吐きました。「嘘も方便」とも言われたのです。

D家の長男の嫁は、夫は女性相手の仕事をしているのだから、「夫に家庭のことまで言わないように」と私に言ったのです。家庭の存在を否定するのであれば、なぜ初めに「養子にやって良い」などと言ったのでしょう。媒酌人は「男は結婚しないと世間から信用されない」と言いました。彼らにとっては、女は男が信用されるための道具でしかなかったのです。

Ｃ家当主は、私の伯母の嫁ぎ先のことまで話されました。金銭的なことに関し、伯父の実家は私達とは何の関係もなかったのです。伯父の実家は当時、工場団地の開発により、土地成金になった人でした。

「視野を広く持ちなさい」とも言われましたが、どのような視野を持てというのでしょう。大酒飲みはどこまでいっても大酒飲みです。夫の行く所、総て酒のある所ばかりでした。父も同じでした。だから祖母は心配していたのです。父は一緒に酒が飲める人がいい、というだけで夫のことを考えたのでした。

結婚してからＣ家当主が話されたことですが、祖母の姪婿が彼と同級生だったそうです。その人が「酒を飲ませてくれ」とＣ家を訪ねていたというのです。祖母は姪のこともどれだけ心配していたことでしょう。

Ｃ家当主からこの話を聞いてからしばらくして祖母の姪の家に行ってみましたが、何もかもなくなっていたのです。財産を飲み干してしまったのでした。飲む、打つ、買うとは聞いてはいましたが……。

夫にしても、話は素面で来なさいと言ってくれていた近所の人でさえ、夫に酒を飲ませていたのです。私にはどうしようもありませんでした。酒はどこに行ってもあるのです。子育てさえまともに出来る状態ではありませんでした。子供にさえ一時は暴力をふるった夫ですから。夫の酒の飲み方を話しました時に、Ｃ家の奥様は「あって七癖」と言ったのです。人への暴力が「癖」と言えるのでしょうか。よく考えてほしいと思いました。

実家への出入りをしていない頃、昭和五十三年四月に子供の小学校入学式がありました。実家への挨拶も、Ｄ家に行きました時、子供は置いて私一人で行きなさいとの事でした。入学前の健康診断の時のことです。子供の声はいつ頃からかハスキーなものでした。それが小児声帯結節という病気だと聞かされたのです。以後病院へ通い治療を始めました。

またこの頃だったでしょうか、子供がポットに座りお湯で火傷をしてしまったのです。この時に外科へ行ったのですが、医者に火傷とは別に、子供の左脚の膝が丸くないことを相談したのです。医者の話ではたいしたことではないとのことでした。のちにわかったことですが、これは生れつきなのだそうです。早く気づいていたら手術が出来たかも知れません。

次は子供の目のことですが、家庭訪問の際先生から、遠足のお絵描きの時に子供の絵の画用紙半分が紫色で塗り潰されていたというのです。私としては「残念です」の一言を言うしかありませんでした。遠くにある紅い椿の花が見えない時に気付いていたのですが、結局祖母から父、父から私、孫へと遺伝したのでした。

そんな色々なことを経験しながらも、子供はスムーズに学校に通っていました。しかし幼い頃から水を嫌がって、プールに入ることなく帰ってきていました。先生には海水パンツを忘れたと言い訳していたそうです。これは大変だと思って、水泳教室に通わせることにしました。

その頃夫の飲酒はエスカレートしていました。酒を飲めばいつ暴力をふるわれるかわかりません。不安に怯える日々を送っておりました。このような人にはもうついていけませんとD家の長男にスポーツランドの喫茶店で話しました。昭和五十四年七月十八日のことです。しかし「離婚するのは変」だというのです。そして、一人しか子供を育てていないから「苦労知らず」なのだとも言われました。仕事第一とも言われました。

これだけの暴力や暴言に耐えてきて、何が変だというのでしょう。子供も不安を抱いていました。いつまた子供への暴力がふるわれるかわからなかったからです。

それより先、昭和五十三年五月十四日にD家の三男が結婚されたのです。この方の養子先がF薬局でした。私が眠らないという事で、D家の長男の嫁がF薬局へ睡眠薬を買いに行き、私は飲まされ、意識もうろうの中での入院でした。当時F薬剤師は市立救急病院にも勤めていました。当時D家長男がスイミングスクールの副会長をしていたのですが、その会長がH内科医院の院長でした。D家長男が私の入院のための紹介状をこのH内科医に書いてもらいに行ったというのです。

入院させられたのは私一人でした。H内科医とはいまだに一面識もないのです。診療もせず、よく紹介状など書けたものです。この入院は私が夫との離婚をD家に話したためのものでした。

病院は市外の田舎にある小さなI精神病院でした。入院するにしても、市内にも大きな病院はあったのです。なぜあんな田舎の病院に行かされたのでしょう。H内科医の指導は、病院は変えないようにとのことでした。これにはどんな意味合いがあったのでしょう。

紹介状もあったのだし、病院側は丁重にという事でした。私が入院した部屋は大部屋でした。わいわいがやがやと、実に騒がしい部屋だったのです。他の患者から、私は怒鳴られてばかりいました。しかし看護婦さんは何の手助けもしてくれませんでした。

子供を残しての入院でしたから、夫がまた子供に暴力をふるうのではないかと不安でした。しかし当の夫は「何も言うな」と言い、「精神修行をしろ」とさえ言うのです。私の不安と怯えはつのるばかりでした。食事が喉を通りません。ちょうど生理時の落ち込みでした。

初めに話すことが出来なくなり、次には書くことさえ出来なくなったのです。夫の兄に手紙を書こうとしたのですが出来ませんでした。私の入院は「不安」と「怯え」と「食事が取れない」、それに「生理」と四つ重なった状態での入院でした。どのような事でしょうか。少し気付きました時は立つ事も出来ませんでした。

何日が過ぎましたでしょうか、両腕には注射針の跡が残り、頬はこけ、七キロほど痩せてしまいました。その間食事をしていない記憶はあります。あとで他の患者さんに教えてもらったことは、注射で眠らされていたとのことです。二週間意識不明の状態で生死をさまよいました。

元気になりましてから最初の診察の時、院長は「原因はわかっているでしょう」と言われました。私は「わかっています」としか答えられませんでした。といいますのも、D家からは「何も言うな」と言われていましたから。医師の方も何も聞いては下さいませんでした。

この入院は、私の過去を捻り潰すためのものでした。入院費は親が渡してくれた十万円があてられていました。

これまでの十年間、私は子供の学校行事があっても夜の外出は許されませんでした。着ていく物を買うことさえ出来なかったのです。さすがに下着だけは買っていましたけど。

しかし母からは、子育てする間は自分の物はあまり買うことは出来なかったという話は聞いておりましたので、覚悟はしていました。それ故入院に際しても、持ってゆく品がなかったのです。看護婦さんは、全部新しい物でしてもらってという事でした。夫が病院にたのんで、病院で用意してくれたものでした。

そして私が入院させられている間は、C家の奥さんが夫の仕事の手伝いをしてくれていたのです。夫はといえば、病院の使いはまじめにしてくれてはいましたが、医師をはじめ、誰もが原因には気付いていないのです。

私の入院は、周りの人達には婦人科系の病気で実家に帰っているということになっていました。婦人科の病気でなぜにI精神病院へ入院するのでしょう。みんな嘘で固められていたのです。

この年の十一月三日にC家の養子の結婚式がありました。もちろんお返しとして、媒酌人はD家の長男夫妻でした。この結婚は、D家長男夫妻の媒酌人によるC家の嫁とりが目的でした。だから私の入院中、私の母が「実家に帰ってよい」と話したのですが、実家には帰れず、この時、現在住んでいる所に引っ越しました。

I精神病院の医師は、カウンセリングさえしてくれませんでした。D家長男が医師を利用していたのです。病院で私を眠らせていれば、何事もなく終ると思っていたのでしょう。

D家の長男の嫁は「過去の仕来りは切り捨てろ」と言われました。

（感想）

一、科学的に人をケアするということ、心のケアをするということ、その人の人生をもケアするということが精神的病に冒された者の受けるべき治療ではないでしょうか。私は強制的に睡眠薬を投与され、二週間眠らされていたのです。生死の境をさまよっていたのです。この時眠り続けていれば、死を迎えていたことでしょう。現在の私はありませんでした。

患者の主体性も認められないこのような治療は許されていいことでしょうか。アルコールが原因の病は初期介入、早期治療こそ大事だと言われています。身体の治療、心の治療、社会的問題の調整、そしてその解決を図らなければなりません。

急性アルコール中毒といわれるのは、仕事もせず、いつも酒を飲んでいる人のことだそうですが、夫は仕事はしているのだからとD家の人達は許していました。夫の莫大な借金も、酒を飲んでの暴力・暴言もどのように考えていたのでしょう。

二、子供が生れた頃の話です。隣に貰い湯をしていましたが、その家のおばさんが子供を風呂に入れて下さっていました。しかし夫は「隣に行くな。自分で入れろ」

と言うのです。私も長くお世話になるつもりはなかったのです。おばさんはどれだけ上手に入れてくれたことでしょう。あのように上手な入れ方は習っておくべきです。

## 三、

本当によくして下さったおばさんでしたが、体をこわし最後は話すことも出来なくなったのです。その頃には会うのも辛くて、伺うこともなく亡くなりました。夫の吐血は胃潰瘍によるものでした。子供の入園前のことです。私はその状況を見ていないのですが、多量の吐血だったようです。酒屋で立ち飲みしていた時でしたが、何をつまみに飲んでいたのでしょう。吐血も大量のものなら命を失うケースもあるとのことですが、この時は一回きりでした。三ヶ月ほど通院しました。

次のようなアドバイスをＡＳＫの『アルコールで悩むあなたへ』（誌上より）から学びました。

「飲酒を続けると、慢性胃炎や胃潰瘍に移行します。……低栄養になっているということ。……このような中で飲み続けた場合は嘔吐を繰り返す。胃粘膜が損傷され出血するマロリー・ワイス症候群や食道静脈瘤破裂があります。また肝臓や膵臓が損傷されると胃腸の症状は悪くなりますから一緒に考える必要があります。……辛い症状も病気を知らせる重要な警告反応であり、自然治癒力の一部……」

ということです。そして、

「……謙虚に耳を傾ける態度が望まれます」

と結ばれていました。

夫には自分の病気に関し、耳を傾ける力はありませんでした。

# 夫の初めての中学同窓会

昭和五十一年か五十二年の八月十二日のことです。子供がまだ小学校に入学する前のことでした。

自営業をしていれば、八月の十二日はお盆の仕事が繁多で大変な時です。十三日になれば時間は取れるのですが、夫は山ほど仕事を残し同窓会へ行ったのです。すぐ帰るからと言い残していたのですが、電話を入れても帰ってはきませんでした。帰ってきたのは、もう仕事が出来る時刻ではありませんでした。

その後、近所に住んでいた同窓生の方から仕事を頂いたのですが、何とか理由をつけて断ってしまったのです。仕事上のつき合いだと言っては酒を飲んでいた夫でしたが、仕事を断るようではつき合い酒とは言えないでしょう。このように、夫はどれだけ酒を追い求めていたことか。

次の同窓会からは、私は何も言いませんでした。

# 退院後の新居から――昭和五十四年

私の一回目の入院の時は夫の兄も来てくれて、私の両親とも話したそうです。何が話し合われたかを尋ねても、夫は「何も言うな」と言うばかりで、教えてはくれませんでした。新居についても、D家長男と二人で勝手に決めて、昭和五十四年十月二十九日に契約が終っていました。家賃のことにしたって、いったい夫の収入との兼ね合いをどのように考えていたのでしょう。場所はD家の近くでした。

妹夫婦は、昭和四十九年十二月の次女の誕生前に、義弟の実家の近くに引越ししていました。その頃には義弟の病気の兆候が出ていたと、これはC家からのちに聞かされました。この時には妹夫婦はまだ実家の方には帰っていませんでした。それでも私は実家に帰るのを許されなかったのです。

しかし新居への引越しは何のためだったのでしょう。D家から私への家事の手伝いのためだったのでしょうか。いつの日だったか、D家の叔母が洗濯物を取り込んでおいてやると言ってくれました。そのようなことをお願いするつもりはなかったのです。この時は離婚の話は入院でなしくずしでした。

当時、夫のアルコールの量は一日二合ずつという取り決めが出来ていました。これ以来、夫は私がD家の酒の席へ行くのを嫌いました。

D家の叔父が話すには、本家の叔父も家族に暴力をふるっていたとのことです。叔母が亡くなってからは、長男の嫁にまで暴力をふるっていたとのことです。しかしD家一族は、叔父が暴力をふるうのは嫁が口答えをするからだと話していました。この一家には、嫁の話を聞くという姿勢がないのです。

D家の長男の楽しい酒とはどのような酒だったのでしょう。何かでD家に酒を飲みに行きました時、夫は毎回私にからんでいました。私が悪いのではなかったのです。夫の身内でよくする誕生日会（酒の席を作り、酒を飲むための口実）でのことでしたが、祝いの席には夫とD家長男とその弟二人、嫁の兄の男五人とその家族が酒宴を催していました。飲めないのは私だけでした。

ある日の事、F家の薬局の嫁が来て、ソファーに足を組んで座りビールを飲んでいたこともありました。一回は、夫には酔い潰れるまで飲ませていたのです。一気飲みはさせていませんでしたが、しょせんひやかしだったのでしょう。皆飲める人ばかりでした。一升瓶が何本空になったと言っては手を叩き喜んでいる人達でしたから。

そんな酒席に私が行くのを夫は嫌いました。しかし行かないと来ないと言う事で、行くまでD家長男の嫁が電話をしてきて「来い」と言うのです。夫が酒を飲めば落ち込む私だとわかっていたにもかかわらずです。私が落ち込むのを楽しんでいる様子でした。そして、飲まない私に飲酒を強要するのです。

夫は自分の身内と飲んでいる時は何も言わないのですが、いったん家に帰り玄関のドアを閉めた途端人が変わってしまうのです。酒席での周りの発言が気に入らないと言っては暴言を吐くのです。酒席でもD家一族から、私に対する暴言がどれだけ吐かれたことでしょう。

なぜ、このような仕打ちを受けなければならなかったのでしょう。どうしてD家のそばに引越さなければならなかったのでしょう。

子供を乳児園に入れたいと夫に言った時のことです。夫は「我が子は自分で育てろ」と言ったのです。どれだけ子供の存在をうるさがっていたことか。D家に子供を連れていっても、遊びに夢中になって帰ろうとしない子供を見ては私を怒るのです。子供なんですから、大人の私達にはどうしようもないことでしょうに。

私に向けられた怒りは他にもどれだけあったことでしょう。私が実家に帰った時でも、少し帰りが遅いと言っては怒鳴るのです。ですから実家では食事を頂くこともなく、早々に帰宅しておりました。退院しましたのち、私の物忘れがひどいと言っても怒っていました。

（感想）

一、仕事帰りに夫が外でどれだけ酒を飲んでいたか、その量のほどは知りませんでしたが、帰宅してからも一週間で一升瓶が一本空くぐらい飲んでいました。

A家、C家、D家では、私が酒が飲めないということは公認の事実でした。飲めないから冗談が言えないのだとも言われていました。冗談と嘘とは違います。嘘を並べ立て、面白おかしく話すことが自由というのでしょうか。聞く側の尊厳や権利を踏みにじることが許されるのでしょうか。

二、昭和二十三年に国際連合総会で採択された『世界人権宣言』（前文と本文三十ヶ条からなる）は、国際的に総ての人及び総ての国が尊重しなければならない人権の共通の基準を示したものとして重要な意義を持っていますが、同じ町内・村でありながら、女系家族がどれだけ差別されていたことでしょう。日本国憲法でも保証されている権利と自由がどれだけ侵害されてきたことでしょう。

私の権利侵害が行われた第一回目は結婚の時です。A家、B家、C家、D家四軒によってでした。第二回目は私の入院の時です。この時はC家、D家、E家、薬局のF家、H内科医、I精神病院院長によるものでした。それに夫の兄も加わっていました。この私の入院は、百四日に及ぶものでした。

アルコールの治療は、私達の市以外では昭和四十九年から始まっていたとのことです。昭和五十四年には、アルコール中毒診断会議によって「アルコール精神疾患」が分類されたようです。

酒乱は、普通の酩酊に対し「異常酩酊」と「複雑酩酊」、「病的酩酊」に分けられるそうです。大量のアルコールを飲むと、ふだんは理性で抑えていたものが脳に作用して、屈折した心理が表に現れたりするそうです。そばにいる人に暴言を吐いたり、からんだり、暴力をふるったりするのです。これを「複雑酩酊」というのだそうです。普通の酩酊との質的な差はないとのことです。しかし「病的酩酊」になると、比較的少量の飲酒でも人格が急変し、意識障害を起こし、素面の時には考えられないような粗暴な言動を吐くとのことです。酩酊時の言動を完全に忘れているのも特徴だそうです。夫のそれはこの「病的酩酊」にみる症状に思えました。

ある方のこんな話を記憶しています。核家族化で姑などのうるさい目がなくなった結果か、道で人にからんだり、騒いだりする酒癖の悪い人が昔よりは減ったとのことです。町で酔っぱらいを見かけることが少なくなった代りに、習慣性のアルコール中毒患者が多くなったのだそうです。「静かなアルコール中毒」になってきたとのことです。しかし毎日毎日飲むために、肝臓や膵臓といった、外側に見える酔いの症状よりも、内科的治療を要するアルコール依存症が増えたとのことです。

アルコール医学会は、今や精神科医がその主流を追われ、内科医に取って代られようとしています。それは男性・女性にかかわりなくとのことです。女性である私が「私の個を認めて」と主張し、夫に対して「酒量が多い」と言い続けてきたのも、誤りではなかった訳です。

三、新聞記事『論点』から学んだこと

「アルコール白書によれば現在、一日平均日本酒で約七合を飲酒している大量飲酒者は二百二十万人おり、増加傾向にある。アルコール問題は、個人の健康障害にとどまらず、欠勤や生産性の低下を来し、さらに事故や犯罪によって社会に大きな損害を与えており、その被害額は年間六兆六千億円といわれ、酒税の三倍にあたる（一九九四年当時）。一般病院に入院している患者の約五人に一人は不適切な飲酒が原因といわれる。実際は酒が原因であることはなかなか表面に現れていない。例えば、死亡診断書には心疾患や肝硬変などの病名が書かれ、アルコールが直接の死因であってもほとんど記載されていないのが現状である……」

ちょっと怖い話も書かれています。急性アルコール中毒の話です。「五十代が要注意。二十歳代と二十歳未満のほか、五十歳代が目立つ。くたびれているんです」とのこと。

「〈飲酒の心得　基本の極意〉

◎食べながら飲む

◎飲む前に牛乳を飲み（胃壁を守るため）、翌朝果物を食べる

◎静かに寝ている人には要注意（放っておかない。声をかけて反応を見る。

おかしい時は救急車を呼ぶ）

〈おすすめのつまみ〉

ピーナツ、冷奴、さしみ、野菜スナック

二日酔いの朝にはイチゴやオレンジジュースを飲む」

四、ＡＳＫで読んだ『嫉妬妄想』で学んだこと

「一般には、長期にわたるアルコール依存の結果として、性的能力が低下し、その一方で判断力や批判力が弱まり、これが劣等感と相まって嫉妬妄想が形成される。しかし、異常に厳しい父親を持つなど、生育歴の上で、男らしさを誤解して身につけることが、嫉妬妄想に関係するともいわれている」

「つまり、酒を飲むことに男らしさを求めながらアルコールへの依存を深め、依存性が形成されるにしたがって、もともと持っていたゆがんだ男らしさと、アルコールによってもたらされた性的能力の低下が悪循環をおこし、嫉妬妄想が発生するのである」

五、ＡＳＫで読んだ『ブラックアウト』（誌上より）から学んだこと

「ブラックアウトとは、一時的記憶喪失のことです。……第二次大戦のとき、灯火管制のことをブラックアウトといったことから、酩酊下の記憶喪失にこの言葉が使われるようになりました。……したがって専門用語ではありません」

夫も大量に飲みました時にはブラックアウトもありました。それ故、話をしましても通じません。前日のことは過去のこと、その過去のことは切り捨てるという主義でした。また、その時その時が良ければいいという、刹那的な生き方をする人達でした。

財布を常時持たないのですが、どうしてかと聞くと、「落とすから」と言うのです。二十年ぐらい持ち歩きませんでした。何を考えていたのでしょう。

# 三女の結婚に関しての思い

D家長男から私に隣の方の話、三女との結婚話が来ました。私は賛成出来ませんでしたので、誰にも話しませんでした。今となっては、それで良かったのだと思います。しかしここも色々あったようです。上に何人の姉さんがいたでしょう。

私の妹（三女）が嫁いだ頃は、母の所へもよくお金を借りに行っていたそうです。でもこの時の借金は返済されることはなかったと思います。母は私には何も話しませんでしたけど、四女がそれらしきことを申しておりました。その四女のところからも借りていたとの話です。

これは催促しなければ戻る金ではありません。私は夫の借金で苦労したこともあり、これは大変と、返済するように催促してもらいました。

三女のところは三女のところで、姉婿と一緒に仕事をしていたのですが、給料がどのようになっていたのか、今ひとつはっきりしません。ある時三女に、一緒に仕事をしないで別々にやった方がいいのに、と話しました。しかし妹の答えは、一緒に仕事をしないようになれば、姉の夫、義兄から暴力を受け大変なことになるというものでした。金銭的な問題は、親から、妹のところまで及んでいたのです。

私はアルコールの害について勉強し始めてからは三女の所に行くのをやめました。怖くなったからです。

次は長女の甥御さんの話です。就寝前の時間、ドスを持った人が甥御さんを探し回っていたというのです。甥御さんのお子さんが、生れながらにして肝硬変にかかっていたそうなのです。大学病院にも三回ぐらい入院されたとのことです。そしてまだ一歳にも満たないうちに亡くなったのだそうです。母親は酒を飲みたいだけ飲んでいたようなのですが、これこそ無駄なことです。

アルコールで、周りの人がどれだけ迷惑な思いをしているか。父ももう少し考えて、アルコールに対して愛の手を差し伸べるべきだったと思いました。お互いの人生を尊重し、みんなで良い人生を送りたいものです。アルコールの害についても、しっかりと考えてほしいと思います。

# 義弟への思い

昭和五十五年八月二日、妹の夫が亡くなりました。この年の三月二十六日が祖母の十三回忌でした。義弟は、祖母が一番心配していた血液の病気で亡くなりました。やはり遺伝したのでしょう。

亡くなった日、私が病室に入って間もなく義弟は息を引き取りました。私を待っていてくれたのでしょうか。妹が以前看護婦をしていたので良かったのですが、私は何も出来ませんでした。しかしその妹も、その時はうろうろするばかりでした。昭和四十五年に結婚してからまだ九年八ヶ月しかたっていませんでした。二人にとってどのような月日だったのでしょう。

それにしても、義弟を養子にという話はどこから持ち出されたものでしょう。B家長男に嫁いだA家の娘は、私の実家の財産目当てであったと言いました。しかしそのことを義弟本人は知っていたのでしょうか。

昭和四十九年十二月、妹達は次女の誕生前にどうして実家を出たのでしょう。伯父の許しを得ていたのでしょうか。伯母からは、妹が流産しかけたと聞きました。あのように強引に引越す必要があったのでしょうか。母は止めたと話しておりました。

義弟の実家B家近くに引越しても、B家長男の嫁が何をしてくれたでしょう。次女誕生の時も何の手伝いもなかったそうです。その話を聞き、母に手伝いに行ってあげたらと申しますと、止めたのに義弟が勝手に出て行ったのだから、母は行かないと言いました。

その頃、義弟の勤める会社は最高に景気の良い時でした。周りのことなど目に入らなかったのでしょう。母や伯母の気持はどのようであったか……。妹を介抱するにしても、母としては私のお産の際夫に断られたこともあり、妹だけを世話する訳にもいかなかったのでしょう。

父が私に話したことですが、父とB家は同じ仕事をしていたのです。当時は、行ったり来たりして助け合う事が出来るからと言っていたのです。その中味は父の考えとは、まったく別の考えでした。父はどのように考えたでしょう。祖母が私に言っていた、「A家とのおつき合いはいりません」の言葉が正解だったのです。

義弟が逝った時、娘（次女）はまだ入学前でした。父が祖父と死別した時よりも一歳上でした。父とその孫が同じ境遇になってしまったのです。

義弟の思い出として忘れられないことが一つあります。三女の結婚式のことでした。「姉さんどうぞ」と言って、義弟が祝いの酒をついでくれたのです。後にも先にも「姉さん」

と呼ばれたのはこの時一度っきりでした。まあ、その前後も義弟に会うことはありませんでしたけど……。両親も、私には義弟のことを何一つ話しませんでした。ですから私が義弟の最後の時に行き合わせたのも、偶然といえば偶然だったのです。

告別式の日、私は連絡していなかったのですが、夫の兄が供花をして下さいと言ってくれました。夫には断ったのですが、夫は「兄から頼まれているから」とのことでした。それでも夫はしてくれました。それを聞いた、当時はすこぶる元気だったA家の母親が、私にやっさ、もっさ言い出して、それからがひと騒動になりました。結局、告別式ぎりぎりにA家の兄弟で供花をしてくれることになりました。

D家長男も葬儀に参列してくれましたが、「花ばかりお供えして」私にと申しました。決して私が頼んでしてもらったのではありません。私はむしろ断った方です。どのような思いで発言されたのでしょうか。いつも何かあるとこのように関わってくるのが、D家長男でした。

義弟が元気な頃のことですが、父が同窓会の帰りに溝に車を落輪させた時のことです。義弟が引受人として警察に行ってくれたのです。

父の同窓会の日にちは毎年決まっていましたから、送っていってやれば良かったのです。この時、もし反対側にあった谷にでも落ちていたら父の命はなかったかも知れないのです。

父はそれ以後も色々な目にあっております。「落輪の時の事」は新聞記事になったのです。残念ながらその記事は切り抜いていませんけど。

（感想）

Ｂ家長男の嫁も、Ａ家一族もやたら財産にこだわっておりましたけど、命なくてはどうにもなりません。そのこだわりのために、どれだけの矛盾が発生したでしょう。命こそが生産の源、ということです。

これから私達は老いを迎えます。この命長き時代に、どのようにその老いを迎えたら良いのでしょう。

# 夫の両親の年忌——昭和五十六年

夫の母の三十三回忌にあわせ、少し早かったのですが父の十三回忌を兄夫婦も帰られ執り行いました。

この時も、私は何も言えませんでした。兄がD家にお願いしたことでしょうが、D家長男が料理から参列者まで全部手配してくれました。夫の親代りのD家としては当然のことだったでしょうが、私の両親は呼んでくれました。C家も呼んでいました。

料理は最高級品が並んでいました。ご住職からもお褒めの言葉を頂きました。それもそのはずです、支払いは全部兄がしてくれていたのです。

この時も、私の只一人の伯母にも、嫁いだ二人の妹にも声をかけることはありませんでした。あとで聞いた話によると、四女のところの母上が自分達も呼んでほしかったと話して下さいました。それもそのはずです、赤の他人のC家を呼んで伯母達を呼ばなかったのですから。C家はD家長男が懇意にしていただけの関係で呼んでいたのです。

ですから私の両親だけを呼んだのも形式上のことでした。私の方に叔父叔母がいる訳ではありません。姉妹こそ四人いますけど、親しい親戚は伯父と伯母二人だけでした。

この時四女の義母が自分達も呼んでほしかったと言った言葉に対し、私は何も言えませんでした。しかしこれはありがたい言葉でした。姉妹だからこそ言って下さったのだと思ったからです。他人からはなかなかこのような言葉は頂けなかったでしょう。

この埋め合わせは、夫の母の五十回忌（平成十年十二月九日）にすることが出来ました。母の一番下の弟がお一人ご健在でしたので、私が執り行わせてもらいました。兄はしなくても良いと言われたのですが、お弁当だけの簡単なものですからと断り、決行しました。しかし兄は来られなくとも、費用の方は全部出してくれました。

父の法事もやらなければならないのですが、私は何もしないつもりでいます。その代りといっては何ですが、私の骨は残す必要はないと思っております。子供に迷惑をかけるだけですから。これを「葬儀の自由」というのではないでしょうか。

昭和五十六年の年忌の際、四女の義母が「仏様はお兄さんにお返しなさい」と言われました。私としても、兄が守られた方が良いと思いました。平成十三年、兄にお願いすることにしました。

# 二回目のI精神病院への入院

一回目の入院の時も、病院側は私が悪いから入院させているのだと言っていました。昭和五十七年二月六日（～四月二十四日）に入院した二回目の時に病棟に入れられる際、一回目にあれだけ良くしてやったのにといった態度で、押し倒すような形で入れられてしまったのです。この看護士さんは元従軍看護士さんだったそうです。一回目の入院の時は、看護士さんはおさえつけでした。怖くて仕方がありませんでした。

夫に対しても、いつもビクビクしていました。いつ暴力をふるわれるかわからなかったからです。酒を飲んでの暴力、暴言でした。そして「私が悪い、私が悪い」と言うばかりでした。D家長男の嫁も、私が悪いから夫が酒を飲むのだと言っておりました。私の二回目の入院は、そのD家が原因でした。

この時は、三日か四日で元に戻ったように思えました。しかしこの入院が問題だったのです。二回目は私の両親が入院させたのです。責任の所在を両親になすりつけたのでした。

入院する前のことですが、D家長男の嫁と私とがテーブルの前に座っていた時の話です。

彼女が「美人のくせに」と言って、私のホッペを人差指でピンとはじいたのです。まるで子供あつかいでした。姿は生れつきのものです。彼女が気に入らないだけなのです。好みだって人それぞれだと思うのですが、端から私の話など何一つ聞いてはくれない人でした。この時、私達のアパートの鍵を彼女が持って帰ってしまいました。

二回目の入院にしても、夫の兄からは病院を変えてほしいと言ったのですが、Ｄ家長男の嫁が再び「病院は変えないように」と言って変えてはくれませんでした。夫だって、Ｉ精神病院は遠いから変えたいと言っていたのです。

Ｈ内科医が指示していたことでした。二回目からは誰も病院に来てはくれませんでした。二月二十五日に伯母が亡くなったのです。しかしたった一人の伯母の死も、私に知らされることはなかったのです。夫も、病院へ電話なりしてくれても良かったのにと思います。もし、病院の方に連絡が入っていたら、患者に伝えてない病院の責任のように思います。父も何も言わなかったのでしょう。

退院後、三女の子供の初節句にＤ家長男がお祝いに来てくれました。祝いの席には伯父もいました。その時父が私の顔を見ながら、伯母が他界したということを話したのです。

確かめるかのような視線でした。私は戸惑いましたが、取り乱すことはありませんでした。なぜそれを早くに言ってくれなかったのかとの思いにとらわれました。しかし、そこで引き下がる訳にもいきませんでした。

私の退院は、伯母の四十九日から十日近く過ぎていたのです。なぜこのような意地悪をされなければならないのでしょう。

伯父も、周りが私に知らせていないのだからと、自分からは言い出せなかったのだと思います。伯母の死を、D家一族の人達はどのように受け止めたのでしょう。伯母の死も私の病気も、彼らにとっては関心のないことだったのでしょう。私に関することには、いたって無頓着な人達でした。

退院後I精神病院を訪ねた時、院長から「どのような生活を送っているか」と問われましたので、「夫にも勧められ、薬はブランデーと一緒に飲んでいます」と話しました。この時院長からは、アルコールで薬を飲むことの害は注意されませんでした。診察室を出る時、「自分を大切にしなさい」と言っただけでした。

一回目の入院の時も、私の体は薬でどれだけ痛めつけられたか。院長は、患者の人権をどのように考え診察していたのでしょう。カウンセリングなどまったくしてはくれませんでした。

一回目の退院後の話ですが、当時私は病院から薬をもらっていました。その時Ｄ家の次男が入院施設のない病院に通院していたのですが、彼が困っているからと、長男の嫁が私に「薬を頂戴」と我が家に見えたのです。薬は錠剤〇・五ミリとの表示がありました。渡した私が悪かったのです。

私が渡した薬をＦ薬剤師の長女の所に持っていき、その名前を尋ねたのです。娘さんが答えるには「Ｙ」という名の薬でした。それをどのように解釈したものか、飲んでいた私のことをヒステリーと言い出したのです。

夫の仕事仲間にまで伝わったのでした。「お前の嫁さんヒステリーやもんな」と言われたというのです。この方の姪御さんが、Ｄ家長男の嫁の実家の兄と結婚していたのでした。

二回目の入院の時は、両親が夫の仕事の手伝いに来てくれました。車は自分が乗り慣れているのがいいからと、仕事用の車は住まいの前に止めていたのですが、Ｄ家の長男が家の前に止めるなどみっともないと私に言ったのです。よく言えたものでした。言いたい放題、したい放題の人でした。

入院前、夫はD家の長男から「我が嫁は、自分で教育せよ！」と言われたのでした。D家長男は、私に「はっきりとした物言いはするな」と言いました。私に対しては、聞く耳がない、善し悪しの判断の出来ない人達でした。今までは「何も言うな、何も言うな」でした。私がはっきり話したら困ることでもあったのでしょう。

私が一人でD家に話に出かけても、一人で来ても話は聞けないと言われたのですが、ある時、D家の叔母が「私の都合の良い時だけ来て」と言ったのです。

実家の家が落成したのち、両親からの話を聞いてもらおうと思い、D家長男宅へ伺いましたが、父母の話も聞いてはもらえませんでした。ただ「私が悪い」「両親が悪い」と言うだけでした。

**(感想)**

二回目の退院後のことです。

私が酒が飲めないからと、夫が私に酒の飲み方を練習しろと言うのです。この時、ブランデーを一本飲みました。この時は安定剤も飲んでいたのです。

アルコールのことを勉強していく中で、「アルコールと薬の相互作用」というものを学びましたが、この頃I精神病院の院長は何も教えてはくれませんでした。今考えればとんでもないことでした。

「アルコールと薬の相互作用」(誌上より)から学んだこと

「交叉性があるので、一方に耐性が出来ると、他方にも耐性が出来てしまう。……お酒と安定剤は同じ意味を持っています。……その上、その両方を併用すれば、二倍どころか三倍にも四倍にも耐性が増強され、酒の一合が四合にも増えるという計算になります。……このような中で薬とお酒の量が増えていくと、肝臓も脳もたまったものではありません。……五年も経たずに肝炎、肝硬変に発展するか、アルコール性痴呆への道をつっ走ることになります」

(ASKの『アルコールシンドローム3』より)

## 夫の親代りD家叔父の自殺に思う——昭和五十八年四月十三日

その年の四月八日のことだったと思います。前日、他家に嫁いでいた夫のいとこが自殺していました。この日の昼、我が家に三女が訪ねてきていました。二人して何を話していたかの記憶はないのですが、そこにD家長男の嫁から電話がかかってきたのです。叔父さんが病院から帰ってこないと言うのです。D家長男は仕事に出ていたのか、それともいとこの告別式に出ていたのかは知りません。夫は参列出来ませんでした。

この年の二月には、D家長男の嫁の実家の兄嫁が亡くなっています。病死でした。不幸が続いていたのです。

D家の叔父は暮れから風邪を引き、ホームドクターにかかっていました。歩いてどのくらいの所だったか、家から少し離れた内科病院でした（現在はご子息の代になっています）。叔父が病院に行く前のことですが、私に「夫には結納金を出さず、借金を払ってほしかった」と言われたのです。結婚して十年以上も過ぎていたのです。

金のない実家でしたけど、あの時は母が「払います」と言ったのです。それこそ十三年もたってからでは遅すぎます。それならあの時、夫の借金の額をちゃんと調べて書いて下さった方がまだましでした。それに、結局は借金のほとんどは兄が払ってくれたのです。親代りは何の役にも立ってはくれなかったのです。総て後手後手なのです。神様のところへ行きましたら、何と答えてもらえるでしょうか？

二月頃ですが、病気があまり長くなるように思い叔父に会いに行きました。その時の顔がこれまで見たことのないような顔をされていたのです。私は怖くなってしまい、二度と伺うことはありませんでした。

しかし、私が口出しするのは大変なことだと思い何も言いませんでした。叔母一人でも一緒に病院に行かれたら良かったのです。叔父が行方不明になってから、長男の嫁が「お帰りになったら、入院してもらおう」と言いましたが、それに対しても私は何も答えませんでした。無頓着な人達です。もっと早く気づくべきだったのです。それまでの一ヶ月半、私はD家の玄関までは行っても、家には上がりませんでした。何も言わず帰ってきていました。

私のことを酒の肴にするような、心ない人達です。なるべくしてなったことなのだと、この時私は割り切っていました。残念とも思わなかったのです。だから、叔父を捜すためのチラシ貼りは手伝いませんでした。家に置いたままでした。

叔父の告別式には夫の兄も来てくれました。そして私の総てを見てくれたのです。この時、ビールと酒を私が配達してもらっていたのですが、「これだけの酒を誰が飲むのか」と兄が聞いた時、夫が「俺が飲むのだ」と言ったのです。しかし兄は酒のことは何も言わずに帰っていきました。

叔父の自殺という事実を前に、残された者は大変でした。中でも、立場上一番苦しかったのは長男の嫁だったと思います。私としても、過去のことがなければ話しもしたでしょうが、玄関先で失礼していました。

叔父の様子に気づかなかった、無頓着な人達です。私の口から何が言えたでしょう。お参りに伺うので精いっぱいでした。忌明けの日は歩くことが出来なくなってしまいました。一日のことでしたが、どんな心理が作用したものでしょう。私は呼んでもらわなくても良かったのです。

夫の両親の年忌は夫がした訳ではありません。全部D家長男がしてくれたことでした。その代りにと、叔父の忌明けの時は大変だったとのことでした。嫁は私には、あのようにしなくても良いと言う事でした。しかし私はD家の叔父の忌明けに参加をしていないのです。

これで、夫の身内の自殺者は三人目になりました。

# 媒酌人C氏の死に思う——昭和五十九年一月二十七日

C氏の病名は膵臓癌だったそうです。

D家長男の嫁から聞いた話では、最初の入院の時、病棟内を暴れ回ったのだそうです。この時は、C家に養子を出していたE家の父上が押えに行ったとのことでした。

私の妹（四女）の嫁ぎ先のおじいちゃんと同じ病気にかかり、同じ病院に入院していたのです。手術後は、アルコールは断っていたとのことでした。

C家の奥さんの妹さんがE家の奥さんでした。それでE家の子を養子に迎えてあったのです。家は近くに位置していました。その養子とE家の長男夫婦は、現在も市役所に勤めています。

結婚後、夫の対人関係が悪いということは媒酌人はご存知だったのに、C氏からはD家の方には何一つ話してなかったのです。C氏は私の話も何一つ聞いてはくれませんでした。A家の祖母のいとこから、私が悪い人間だということを聞いていただけなのです。それも一方的なものでした。

昭和五十四年に現在住む家に引越した時、私の子供のオムツやおもちゃがC家に行っていたのです。当時はまだ布のオムツでしたが、二人目の時にはなれて使い勝手が良くなるということでした。C家に行ってびっくりしたものです。妹にあげた訳でもありませんでした。

母は何事にも媒酌人を立てなさいと言いましたが、立てられるような人ではなかったのです。祖母のいとこA家とまったく同じ、D家とも同じでした。当然のことに、私を尊重してくれる人達ではありませんでした。

アルコールの家族教室に通うようになった時も、何も聞いては下さいませんでした。私はカヤの外に置かれていたのです。夫の飲酒をとがめることなく、男としての社会的信用のためと私達の結婚を決めてあったのです。夫の悪いところはひねり潰したのでした。嘘で固められた結婚でした。このように、心根の腐った人達とは思いませんでした。

祖母からは色々な話を聞いてはおりました。C家についても、祖母の知らない人達ではなかったのです。A家、B家、C家の人達は我が女系家族のことをどのように見ていたのでしょう。彼らは我が一家に対し、まるで弱い者いじめをするかのような態度をとっていたのです。C家からすれば、我が一家への嫉妬心もあったと思います。しかし、だとすればなぜC氏は私達の媒酌人をなさったのでしょうか。

D家の叔父は夫の借金に、「結納金ではなく借金を払ってもらった方が良かった」と私に言い残し自殺しましたが、夫の兄は「自殺して済む話か」とも言っておりました。C氏にしても、夫の莫大な借金をどのように考えていたのでしょう。彼ら関係者が払ってくれた訳ではないのです。

夫の飲酒にしたって、私が心配性だから……と話していました。正しい酒の飲み方こそ大切です。アル中の人はアルコールを断つ以外にその治療法はないのです。教育的治療こそがアルコールの治療と言う事でした。

**(感想)**

『アルコールと膵臓病』(誌上より)から学んだこと

「膵臓は重さわずか百グラム足らずの小さな臓器という、……数多くの消化酵素をつくり出して小腸に送りこみ、またインシュリンやグルカゴンというホルモンをつくって血液中へ送り出している重要な臓器です」

「この臓器がアルコールの影響を受けると、膵炎という難病に陥りやすいのです。……膵炎の急性期の症状はきわめて激しい腹痛が特徴で、そのうえがんこな嘔吐反射を伴います。さらに重症になれば黄疸、ショック、尿毒症を併発して死に至ります。……この膵炎の最大の原因としてアルコールがあげられます。一日平均五合以上が十年も続くと、膵炎の腹痛発作が出現するようになりますが、……末期には膵臓に石がたまり(膵石症)、繊維分が増え、膵臓から消化酵素液やインシュリンなどのホルモンが出なくなり、下痢を伴い痩せてきて糖尿病状態も合併し、不幸な転帰をとります」

「アルコール性慢性膵炎の大部分の人は、アルコール依存に陥っていると考えられ、内科的治療に加えて、精神面のケアが非常に重要になります」

# 夫の入院から退院

夫は昭和五十九年十二月九日から六十年三月二日まで入院しました。

この入院まで、冬には年に何回も夫は風邪を引いておりました。三月に子供の卒業式があったのですが、その時も風邪を引いていて、呼吸をする時にピィーピィーと笛を吹くような音をさせていたのです。これまではこんなことはなかったので、気管が悪くなっているのだと思い病院へ行ってくれと申しましたが、夫は取り合わず「このような音はふだんからしている」と言うのです。本人は何も気づいてはいなかったのです。それに、「俺が病院嫌いだとわかっているだろう」とも言うのです。

また、兄が糖尿をわずらっていたのに病院に行かなかったこともあり、「兄だって行ってない。なぜ俺だけが行かなければならないのだ」と言っては病院に行くのを嫌がっておりました。兄嫁も嘆いていたのです。姉妹がどれだけ心配していたことでしょう。兄嫁が夫にも、行くように言ってくれと頼んでいたのです。

この頃、子供が吸入をしていましたので、一緒に吸入してもらいましたところ、ピィーピィーという音だけはなくなりましたものの、状態は良くなってはいませんでした。

姪の入学後のことでした。妹が娘のことを心配して来ていた時の話です。夫が背中が痛いと言うので、妹がその背中を押してあげていたのです。その頃は仕事も半日しか出来ていませんでした。

体調の悪い状態が夏まで続いていました。夏風邪は良くないから、病院に行ってほしいと頼みました時に、「運転出来るといばるな」と言ったのです。夫が運転しない事を常日頃、悪い方に考えていたのではないでしょうか。

私の一回目の入院、昭和五十四年から五年間、夫はアルコールを飲み続けていました。「飲めば良くなる、飲めば良くなる」と言っていました。五十四年にD家長男と約束したとおり、毎日二合という量は守っていました。しかし三百六十五日、一日とて休む日はなかったのです。何かの行事があれば酒量も増えていました。

夫が酒を飲めば、いつも問題を起こしておりました。それでも他人様は許してくれていました。他人からは許されるのに、家族が何を言っても聞いてもらえるものではありませんでした。

お盆を迎える頃でした。夫はこれまでも仕事は午前中だけ、午後はゴロゴロ休んでいたのですが、お盆だからといって何の仕事が出来るでしょう。仕入れも会社から二十万円ぐらい、会社外からは十万円ぐらい、合計三十万円ぐらいは仕入れていました。しかし一番大事な時期、十日にその会社の相場が下落したのです。夫は怒り出し、仕入れの一割を商品にしましたでしょうか。残りはゴミでした。体もきつかったのだから、仕入れなければ良かったのです。

しかしこのあとも、病院に行くことはありませんでした。

三月頃からは自分でバイクに乗ることもなくなり、いつも私が車で送り迎えしていました。

十月二十日頃、四女の長男が総合病院に入院していたのですが、その見舞いに行った帰りに、夫の実家の方が行かれている内科医であるホームドクターを訪ねました。この時に検査をしてくれれば良かったのですが、検査は明日しましょうということになったのです。体調を崩してからすでに八ヶ月ぐらいたっていました。

この帰り道、D家に立寄りました。長男夫婦と叔母が在宅でした。そこで夫が話すには、「明日検査と言われたけれど、注射が痛いから病院へは行かない」と言ったのです。こう言う夫に対し、誰からも「検査を受けに行きなさい」との言葉はありませんでした。子供じゃありません。彼らは何を聞いていたのでしょう。相変わらず無頓着な人達でした。

その時は十一月十日ぐらいまでの薬を出してもらいました。それから薬は出ませんと言われるまで、何回薬を頂きに行きましたでしょう。しかしそれからは微熱が出て、咳をするようになったのです。この時、夫がD家三男の養子先F薬局で○製薬の咳止めの薬、Z液を買ってきました。あとで知った話ですが、この時薬局では説明書きも読まずに三本もの薬を売りつけたのです。買う方も買う方なら、売る方も売る方です。

熱もあるようでしたので心配していましたところ、夫は「酒を飲んでいるから熱いのだ」と言うのです。私が右と言えば左、左と言えば右と答える夫は、「飲めば良くなる」と言うばかりでした。

十二月二日頃のことでした。毎年行われている忘年会に夫が行くと言うのです。体調が悪いのだから行かなければ良かったのですが、止めることもかなわず何も言わずに参加させました。早く帰ってくるものとも思っていたのです。

しかし帰ってきたのは午前一時でした。これまでだってこんなに遅くなることはなかったのです。同業者の方も、夫が体調を崩していることは知っていたのです。しかし、病気は酒を飲んで治せなどと言っては夫に酒を飲ませていたのです。仕事仲間が「冷や酒と燗酒を交互に飲んだら熱は取れる」と言ったとかで、一週間前からそのとおりに酒を飲んでいたのです。この時は番頭として働いていた方の息子さんとの二次会でした。

その翌日です。朝から高熱を出したのです。行きつけの病院が休みだったため、近所にある別の小さな病院に行きました。この時に、絶対安静と言われたのです。しかし、入院施設のある病院への紹介はありませんでした。

昭和五十九年十二月九日は、夫の母の三十七回目の祥月命日でした。

夫はこの日、入院しました。Ｄ家の叔母に、私は「母のお仕置きです」と言いました。

夫の救急車の手配は、私が仕事から帰ってしまいました。夫が肺に水が溜まり動けなくなっていたのです。それに、Ｄ家長男の嫁は温湿布をしてくれたのです。寒い冬だったからでしょうが、Ｆ薬局からどんなアドバイスを受けたものでしょう。

救急隊員の方には動かせる状態ではないので、受け付けてもらえる病院を探して下さいという事もお願いしたようです。この日は、この病院への入院は三人目だとのことでした。

入院から一週間して医者からの話を聞きました。黄疸はないけれど、ひどい栄養障害で、ビタミン欠乏症とのことでした。結婚して十五年間、夫は朝食はともかく、米の汁を飲んでいるのだからと、夕食はつまみにさしみを食べるだけだったのです。

この時、菌はないけれど、衰弱がひどいので結核の治療もしておきましょうということになり、私は医師にお任せしました。半年の治療を要しますとも言われました。

母が、Ｄ家の叔母に「早く病院に行っていれば良かったのに」と言ったそうです。それもそのはずです、Ｄ家の人達は、夫に病院に行くのを勧めてはくれませんでしたから。親身になって相談相手にもなってくれませんでした。「面倒を見る」などと言っておきながら、それは言葉だけだったのです。夫にしても、私の親の言うことなど聞いてもくれませんでした。

D家には、家の鍵のこともお願いしていたのですが、子供はとうとう鍵をD家に預けに行かなくなってしまいました。十二月といえばどこの家も忙しい時季です。それでも私の両親は我が家に手伝いに来てくれていたのです。実家の仕事は四女のところが手助けしてくれていました。それに比べ、D家の叔母は夫を叱るだけで、夫のシャツ一枚洗ってくれることもありませんでした。

そんな忙しい状況だったのに、夫は私に毎日病院に来るように要求するのです。私が家政婦さんをつけたいと話しますと、夫は嫌がりました。しかしお見舞いに来て下さった方々にはどれだけ助けられたことでしょう。多くの方が来て下さり、私を助けて下さいました。十二月中は毎日、子供に病院に行ってもらい着替えを取ってきてもらいました。D家長男の子供も一緒に行って下さいました。この時には二人分のお節を頂きました。

病院の医師の診断結果を聞いた時、その時には何も言わなかったのですが、あとでD家長男の嫁が「医師の話を真に受けるのが悪い」と言うのです。D家の長男も、私の話を何も聞き届けてはくれませんでした。夫の見舞いには行っていたと思いますが、そこでどのような話がされたのか私は知りません。

結核の治療は保健所の管理検診でした。この保健所には何回も、アルコールの相談に行っておりました。保健婦さんも自宅に来てくれたことがあったのです。その時保健婦さんは自宅を探しあぐねたとのことでした。

保健所を訪ねたある時、「尿失禁はありますか」と尋ねられました。当時夫は四十七歳でした。なぜ尿失禁をするのかはわかりませんでした。またこの時、担当医が話されるには、夫が一日四箱八十本のタバコを吸っていると言うのです。私はびっくりしてしまいました。四十本までは知っていたのですが……。こんな状態でしたから、アルコールにしたって外でどれだけ飲んでいたかは知る由もありません。隠れて飲んでいたのでしょう。

主治医には、十ヶ月前から悪かった、徐々に悪くなっていたと話しました。小さな病院ではありませんでしたが、この病院の看護士さんは全部で百五十人位でした。

年が明け、二ヶ月間は毎日手作りのおやつを運んでいました。

この時は、まだ夫も若かったということもあったでしょう。当初は六ヶ月の入院治療を要すると言われていたのですが、結局は三ヶ月で退院することが出来ました。しかしその退院も、寒い時季だったこともあって、延ばせる限り延ばしてもらったのです。退院後、一ヶ月ほどは家にいましたが、四月からは仕事を始めました。手伝ってくれていた両親も忙しくなったからです。

退院後二週間ぐらいたった頃でしょうか、全身の皮膚がカサカサになったのです。病院に話しますと皮膚科への紹介状も書いてくれたのですが、夫は診てもらいに行くことはありませんでした。それも三週間ほどすると良くなりました。ビタミン剤を飲んでいたので、それが効いたのでしょうか。結局皮膚科の治療は受けませんでした。

のちに、アルコールの家族教室で医師が言うには、酒を飲むとアセトアルデヒドという毒素が作られ、これを肝臓が水と炭酸ガスに分解する。その炭酸ガスを排出するため呼吸器系に負担がかかり、肺を悪くすることもあるとのことでした。アルコールを体内で消化するためには、色々な臓器がいかれてしまうということです。皮膚炎に関しては、看護婦さんから「ペラグラ」だと教えられました。

退院して三ヶ月間、夫は酒を断っておりました。あとで看護婦さんに聞けば、飲めない状態だったそうです。この間、初めて普通の会話が出来たのです。入院以後、私がアルコールを買うことはありませんでした。買うまいと決心していたのです。

六月頃のことでした。夫が「こんなにもおいしいものか」と、酒を一口飲んで言ったのです。私は、「今までそんなにまずい酒を飲んでいたのか」と言い返しました。しかし案の定、一口飲むとは元の木阿弥でした。酒は日本酒からウイスキーに変わりました。飲み始めると思い出したように、近所の奥さんやお客さんを何とか持ち上げ誉め上げてウイスキーをもらっていたのです。これには私は何も言えませんでした。アルコールはこんなにまで人間を変えてしまうものなのです。

この頃、夫が車の免許を持っておりませんでしたので、仕事に必要だからといって、私が自動車学校の入学案内をもらってきて渡しましたが、行ってはくれませんでした。ある方が、車は子供に運転させて自分はバイクがあればいい、などと言っていたのを聞きつけて、自分もそれでいい。それに自動車学校に行くには金がかかるとも申しました。この時一度だけ、D家の長男が「自動車学校へ行け」と言ってくれたのですが、彼の言葉も聞き入れませんでした。

この年の八月半ば、私がバイクに乗りますと言って、自転車の練習から始めたのです。そしてバイクを買い、乗り出したのでした。母が危ないから乗らないようにと注意したのですが、夫の入院中に不自由な思いをしましたので乗り始めたのです。買ったバイクは五十ccでしたが、D家の長男の嫁が「太い車の邪魔になる」と言うのです。

どこまで私のやることに横やりを入れる人でしょう。自身の娘が私の夫のために看護婦になったと言っていましたけど、いつかD家長男が話すには、娘が看護学校へ行ったのは自分で選んだ道だからとのことでした。どっちにしても、私には関係のないことですけれど……。

夫の飲酒に関しては兄も、夫も仕事上のつき合いで飲んでいるだけだとD家長男の嫁は言うのです。これには先手を打たれた思いでした。夫にアルコールを飲ませる口実を与えていただけです。

昭和六十年の十二月のことでした。

昭和六十年三月に退院して以後、夫の仕事は午前中だけで終っていました。しかし年末のこと、暮れの行事だと言っては、飲む機会を見つけいそいそと出かけていたのです。本人だって病気のことはわかっているものと、私は何も言わずに出しました。その時は観察するつもりでいたのです。九時半までには帰ると言って出かけて行ったのですが、帰りませんでした。

私はどんと構え、子供のセーターを製図して編み始めたのです。しかしそれを編み終えるまでにも夫は帰ってきませんでした。十二時頃からは外に出て様子を見ていましたが、警察に行き家に帰った時に夫が帰ってきました。

この時はKさんからお電話を頂き、仕事仲間の方と一緒だということは分かっていました。またまた二次会で朝帰りです。案の定この日から咳が止まらなくなり、再び病院に行かなければなりませんでした。慢性気管支炎となっていました。これまではアルコールを飲みながら、ビタミン剤と結核の薬を飲み続けていたのです。タバコもやめることなく、咳が出ても吸っていました。

病気するまでは酒は家に買い置きしていましたが、まだ家で飲む酒だったから良かったのです。常日頃から、つき合い酒だと言ってはどれほど酒を追い求めていったか。県外にも飲みに出かけていたのです。

この時の入院は、子供が中学に入学した年でした。子供と親、先生との三者面談にも行かれませんでした。子供にとっては最も大切な時期だったのです。

## （感想）

一、こうした文章も、今でこそ書けます。

昭和五十九年、夫は四十七歳でした。

「尿失禁がないのならアル中は大丈夫」との保健婦さんの言葉に、どれだけがっくりしたことでしょう。脳への影響はどのようなものでしょう。初期介入、早期治療と言われました時にも時すでに遅しでした。

昔はアル中と言われ、次にはアルコール依存症、現在はコントロール障害と言われていますのが夫の病名です。

夫が入院した時、子供に「病院に行って頂戴」と言いますと、「お母さんの時にぼくは行っていないから、行かない」と言ったのです。「私の手伝いとして行って頂戴」と言いますと、ようやく納得してくれました。周りの環境が環境ですので、子供には辛いことだったと思うのです。

入院の時、検査後、医者からは結核の治療をしますと言われました。しかし入院前から、両膝下が「コムラガエリ」していたのです。退院後、再び酒を飲み始めてからは両足、下半身が「コムラガエリ」のようになっていました。現在も時々膝下が「コムラガエリ」のようになっています。

この入院を本人はどのように考えていたのでしょう。入院中、家の掃除もろくに出来ていないと私に言ったことがありました。夫は自分を愛し、仕事を愛し、家族を愛することが出来ない人でした。

病院に行ってほしいとあれほど勧めたのに行きませんでした。その結果がこうでした。仕事が大事ならば、なおさら自分の体を大切にしなければならなかったのです。夫の身内達も、何も考えていない一族でした。

## 二、「飲酒と栄養失調」ＡＳＫ『アルコールで悩むあなたへ』（誌上より）から学んだこと

「アルコール依存症の患者は、七十％以上の人がやせています。……過度のアルコール摂取が原因で種々の臓器障害がおこりますが、その半分以上は、種々の栄養障害が原因で発症するといっても過言ではありません。……酒ばかり飲んで他の栄養素を摂らないこと、小腸粘膜が冒されて吸収不良がおこること、また同じ理由で下痢がおこることなどがその理由です。また比較的多くみられるビタミンＢ１欠乏症はこれまでの理由に加えて、アルコール自体の代謝のためにこれが大量に消費されるためにもおこります。……いちがいに栄養失調といっても総カロ

リーが不足していわゆる［やせ］を来す場合と、やせなくても種々のビタミン類や蛋白質などの生きるためになくてはならない栄養素が不足しての種々の機能障害は、さらに器質障害を来すことがあります。……ビタミンB1やB2が不足して脳神経症や末梢神経炎、心筋障害、貧血などがおこったりします」

三、ASK『アルコール・シンドローム3』（昭和六十一年六月一日発行）より学んだこと

アルコール・プラス・タバコは、危険な複合汚染だといいます。夫は一日八十本のタバコを吸いました。アルコールは何合だったでしょう。結果として三合より少なくはなかったと思われます。これで肺に水を溜め、動けなくなったのです。

「発癌物質をアルコールを溶かして与えた時に発生し、オリーブ油に溶かして与えた時には発生しない。……たとえば、ビールの中には発癌物質（ニトロサミン）が存在していたが、造り方を工夫することによって、その量が大幅に減ったという報告が西ドイツからなされている」とのことです。

「アルコールを常用している人は、抵抗力が弱くなっているという説で、特に栄養素の欠乏状態にあることが多い。……ビタミンB1もビタミンCやAも、また良質の蛋白質も欠乏状態となり、また免疫機能も低下しているという研究報告も

ある。……毎日飲酒と喫煙が重なると食道癌の死亡率が高くなるのはあきらかです」

「この場合、アルコールが発癌プロモーターのような働きをしているという解釈が最も広く……」という。

夫のような酒の飲み方をする人は、このようなことが少なくないように思えます。「……ほとんど無知の状態で大量飲酒したり、酒害の問題が拒絶されたりすることです。この問題に関して、日本はまだオムツをあてた状態であるといわねばなりますまい」とのことです。

# 快気祝い——昭和六十一年二月二十二日

昭和六十一年一月十五日は、夫の同業者の方が催す新年会の日でした。一ヶ月前の六十年十二月に、薬を飲みながらも酒を飲み続けておりました故熱が出て、咳が止まらなくなっていたのです。

D家の方は近所にいるにもかかわらず、夫に酒を飲むなとは注意してくれませんでした。C家の方にしても同じです。仕事上のおつき合いだとはわかっていましたが、この時私は新年会には行かないでほしいと頼みました。熱を出してから、まだ一ヶ月しかたっていなかったからです。結局夫は新年会には行かず、近所の奥さんに頂いたウイスキーを自宅で飲んでおりました。

しかし、新年会に行かれなかったことへの怒りは私に向けられたのです。「お前が一人で仕事をしたとえばるな」と言うのです。子供が塾に行って留守なのを良いことに、近所の奥さんから頂いたウイスキーをボトル半分ストレートで飲み、二時間も私に怒りをぶつけておりました。この時、私が自宅から出ていけば、夫も出て行ってしまうことはわかっていました。

しかし私はこの場はこれまでと、子供を迎えに出たのです。次の日は子供が家にいましたので、留守を子供に頼み伯父の所へ行きました。夫の親族の所へ行っても笑われるだけでしたから。いつだって、私が悪いから夫が酒を飲むのだと言われていましたから……。伯父に、私が悪いのでしょうかと尋ねました。この時、伯父は「もう何でも話して良い」と一言答えてくれました。しかしこの時はまだ母が健在でしたので、全部は話すことが出来ませんでした。

この日まで、夫はまだ半日しか仕事が出来ませんでしたが、これ以上両親にも仕事を手伝ってとは言えませんでした。これ以後は、夫にもしてもらいました。六十一年二月二十二日、夫の四十九歳の誕生日が最後の酒の席となりました。この時は、五家族の方にはずい分お世話になりました。仕入れを手伝って下さったご夫婦、駐車場をお願いしたご夫婦、D家長男夫婦、実家の手伝いに回ってくれた四女夫婦、私の両親でした。

この時、D家長男が私と両親を前に、私が病気をしたから夫も病気になったのだと言いました。

夫を大酒飲みと言ったのはこの人です。夫が隠れて酒を飲んで吐血し、手の震えが出始めたのは昭和四十八年頃でした。それから十五年間、毎日夫は酒を飲み続けてきたのです。

この事実を前に、D家長男も「私が病気になったから」などと、よく言えたものです。それもそのはず、問題の本質を彼は何もとらえてはいなかったのです。無頓着な一族でした。しかしこの席は、夫にとっては二つの意味がありました。一つは全快祝い。もう一つはアルコールが飲めるのは、たぶんこれが最後の席だと思われたことです。

この頃気がかりだったのが子供の成績のことでした。塾では二教科の授業を受けておりました。F薬局の二階で、薬剤師の姉さんのご主人が塾を開いていたのです。一つの教科は成績が良くなっていたのですが、もう一つの教科に何の変化もなかったのです。塾に行っているのに成績が上がらないのはおかしいと、夫に塾の先生に言ってほしいと頼んだのですが、話しても何の変化もありませんでした。それにこの時、子供が塾のことに口出しするなと私に言ったのです。

この子供の言葉が意味するものを、私はいまだに理解出来ないでいます。

しかしF薬局も何を考えていたのかわかりません。

**（感想）**

これまでどのようなことがありましても、子供に何の罪がありましたでしょう。ある訳ないのです。子供には大変申し訳ないことをしてきたと、残念な思いでいます。しかし夫は、どれだけアルコールを飲めば自覚してくれるのでしょう。平成十四年四月現在、いまだに目覚めてはくれません。

# 私の三回目の入院

昭和六十一年四月十四日から六月二十八日まで、再び私はI精神病院に入院しました。新年会に行かないで、と止める私に夫がどれだけの暴言を吐いたか。それ故の私の入院でした。三回目の入院の原因も夫にあったのです。

それなのにI精神病院の院長は私に何も聞いてはくれず、夫を入院させることなく私だけを入院させたのです。

一回目の入院の時でした。夫の知り合いの看護士さんがI精神病院にいたのですが、その方に夫にアルコールを飲まないように言って下さいと頼みましたところ、彼から返ってきた言葉は、「俺達も飲むものなあ」でした。この病院はいったいどんな病院なのだろうと疑いました。

院長は、一回目の入院の時は「原因はわかっているでしょう」と言われるだけで、二回目の退院後にはアルコールと薬の複合作用の説明もしてはくれませんでした。三回目には、私はもう何も院長に話したくはありませんでした。

二回目の入院の時でした。私が寝たきりの患者さんを起こしベッドに座らせて食事をさせていましたが、その方の床擦れも良くなってから私が退院しました。この病院は食事の手伝いを、わかっている患者さんにさせていました。ある時、作業に出ていた患者さんが、院長宅の家の周りに酒瓶が置いてあったと言うのです。私が直接見た訳ではありませんが、副院長がぼやくには「院長自身体調が悪いのだけれど、恥ずかしくて他の病院には行かれない」と言うのです。周りの人がどれだけ勧めても、行かないとのことでした。

この私の入院の時、実家の方も母の弟宅が大変だったので、父も忙しくしていましたので、なかなか夫の仕事を手伝うまでにはなりませんでした。そこで、当時アルバイトでデパートの配達をしていた近所のGさんに手伝ってもらっていました。ちゃんとお礼をしたかどうか不安でしたが。現在まで何も聞いていません。

子供はといえば、この頃は雨の多い時期でしたから、塾通いも大変でした。周りの人達からは「甘やかすな」と言われて、タクシー代も持たせてはいませんでした。夫はバイクしか乗れませんでしたから、雨の日など迎えに行くことも出来ません。子供は終バスも出てしまったあと、傘も持たせてもらえず、四・六キロメートルある国道を雨宿りしながら歩いて帰ったとのことです。お陰で熱を出し、明くる日は学校を休まなければならなかったそうです。

どうして、周りの大人達がもう少し考えてあげなかったのでしょう。頑張っている受験生の気持をそぐようなことをしていいものでしょうか。ましてや大酒飲みの家庭だといっては、D家からどれだけ偏見の目を向けられ、差別されていたでしょう。子供を守ってくれなかった人達が、私には獣よりひどい存在に見えたものです。

私がそれまでやってきたことといえば、祖母との三つの約束事を守り貫いてきたことだけです。誰からも甘やかされたことなどありませんでした。伯父からは「善と否」は区別しなさいと言われ、伯母からは何事もまず自分で実行してからでないと、他人にどうこうしろとは言えないものだと言われました。

これまでも、D家に相談しようと思い訪ねても、「一人で来ては話は聞けない」と言われました。それ以後私の話は何も聞いてはくれません。長男の嫁からは、「二十歳過ぎたらただの人」と言われました。責任はどのように考えてあったのでしょうか。

退院後のことでした。昭和六十一年九月一日、母方の叔母が五十一歳という若さで他界しました。

亡くなる前、叔母が怪我をして入院したと聞き、母は介抱に行かなければと言ったのですが、母自身が体調をこわしていたのです。慣れない土地にある病院へ行って、母が倒れたのでは大変と、私は話しました。

この時検査を受けようと、四女の家の親戚でもある、かかりつけの病院に母を連れていったのです。バリウムを飲み、胃の検査をしたとのことですが、「どうもないのに何しに来たか」と医師から言われたそうです。こんなことを言われれば、もう病院には行けないものねと母は言ったのです。

そこで薬草と漢方薬を持参して叔母を訪ねていったのです。しかし介抱の甲斐もなく、叔母は亡くなってしまいました。

その後、母は近所の小さな病院に通院していました。

## 四回目の入院――昭和六十二年一月一日

この時は五日間お願いしたいと、早くから予約して入院しました。アルコールが原因です。

この時もI精神病院院長は、私に何も聞くことはありませんでした。退院の時、看護婦さんが正月早々大きな荷物持参ではおかしいからと、タクシーを呼んで帰りなさいと言ってくれましたが、これまで何の結果も得られないまま、どれだけの金を使ってきたかと思うと空しくて、バスに乗って帰宅しました。しかしD家の人達はどのように考えていたのか、この時帰宅しても我が家には何もなかったのです。

この年の三月、子供が中学を卒業し県立高校の受験に合格しました。この時、I精神病院の院長がお子さんはどこの高校へ入学されましたかと問うので答えましたところ、それは良かったですねと言われました。

子供の入学式のあとで行われた歓迎会の席に、どこか見覚えのある方がおられたのですが、それはI精神病院の薬剤師さんでした。あとで子供から聞くと、薬剤師さんの子が同じクラスにいて、ご主人が高校の教師をなさっているとのことでした。

H内科医院の院長が会長を、D家長男が副会長を務めるスイミングスクールに、高校入学まで私の子供は通っていたのですが、F薬局やD家のこととかで嫌な思いをしていたのです。その上、私のことがどう伝えられたのか、子供は高校のスイミングクラブにさえ行かなくなってしまいました。夫の入院も私の入院も、子供には何の罪もないことでしたのに。

ある日、子供に昼食にはパンを買うようにとお金を渡したのですが、パンは買わないのです。テーブルの上にそのお金が置いてありました。学校にパンがあったのか、なかったのかはわかりませんが、「外に買いに行きなさい」と言われたというのです。前日に買い置いたパンを持って行かせることは出来ませんので、それ以来はどんなことがあっても弁当を作り持たせることにしました。

昼食のことはこれで解決したのですが、二年生も半ばのことでした。ある日、子供が突然「私立高校へ転校しなさい」と先生から言われたというのです。なぜ我が子だけが転校しなければならないのでしょう。しかも学期も半ばのことです。親が呼び出されて言われるならまだしも、子供に直接言われるなどもってのほかです。教育者が口にする言葉とは思えません。子供への嫌がらせとしか考えられません。私が精神科へ入院させられたというだけで、このような仕打ちを受けたのです。

その時、私は子供に「残りの一年半やるだけのことをやって、卒業証書だけでも手にしたら」と話しました。


高校で体育の授業を受けている時、兎跳びをしていて子供の膝に痛みが走りました。小学校への入学前、外科医からはどうもないから安心して良いと言われた膝でした。とんでもないことに、改めて診てもらうと膝が脱臼していると言われたのです。生れつきとのことでした。普通の状態で生れていながら、これはどうしたものか。直角に曲るようになるかどうかはわからないので、手術するよりはこのままの方が良いと言われました。それ以来、激しい運動はしないようにとの指示に従い、痛い時には薬を塗っています。

三年生になり、進学を控えていました。この時、学校の方針だからといって、私達の希望は聞き入れられず、一方的に学校が推薦する学校に進路が決められてしまいました。子供だけでも進学させたいと希望していた私でした。県立高校なのだから、県からの指導や学校の方針を崩すようなことはだめなのでしょうが、だからといって本人や家族の希望がないがしろにされるのには納得がいきませんでした。

小学校での転校。中学校では父親が入院し、高校ではクラブ活動でもいやな思いをしています。教育者に考えてほしいと思うのは、大事な成長期に阻害（疎外）され、子供の成長の芽を摘むような事をしているということです。敵と見なされる立場に置かれた子がどんな思いでいたかを十分理解してほしかったということです。人生の先輩としても、人間愛をもって子供に接してもらいたかったと思います。

平成二年三月、そんな我が子も無事高校を卒業しました。三年生の時の担任は、子供達の卒業と同時に県北の学校に転勤されました。それでもう、この県立高校への思いもピリオドを打ちました。

I精神病院があるのも同じ県北でした。のちに、新任で着任されたある先生が、飲酒を理由に懲戒免職になったと新聞に載ったことがありました。

# 母方の叔父の死に思う――昭和六十二年八月三日

叔父が五十二歳で亡くなりました。六十一年に亡くなった叔母の十一ヶ月後のことでした。

叔父は、昭和四十五年十一月三十日に妹の結婚式に来てくれました。私達の住まいにも立寄ってくれました。この時叔父は母から私には何も言わないでと頼まれていたのに、私に「なぜ家を出たのか」と言ったのです。叔父はA家・B家・C家・D家の関係を何も知りませんでしたから、こう言って怒るのも当然だったのです。叔父としては私に実家に残ってほしかったのです。それだけ叔父は私を可愛がってくれていたのです。私が小学校へ入学する時など、手作りの机を作ってくれた叔父でした。

私の小学校の入学の時は、東京にいた祖父が提灯袖の、淡いグリーンのフリルがたくさんついたワンピースを送ってくれました。母がそれを私に着せ、水堂様という所へお参りに連れていってくれました。汽車にずい分長く乗っていった記憶があります。帰ってきた時には日が暮れて、汽車のススをかぶっていました。

のちに三女から聞いたところによると、叔父は三十代から酒を飲んでいたということです。母が叔母が入院していた時に手伝いに行きました時、眠れないと言っては叔父がよく台所で寝酒を飲んでいたとのことでした。母が帰宅してからのち、妹が叔父を入院させに行きました。その時、叔父の片肺は真っ黒になっていて、肝硬変も末期の症状を呈していました。

平成二年七月の母の告別式に叔父の二人の息子が来てくれたのですが、その時叔父の病気のことに触れますと、「体調が悪ければ、自分から病院に行ったでしょう」と言うのです。家族は何も気づいていなかったのです。アルコール教室での話でも、気づかない人もいますとのことでした。やはりあの時、母が叔母の介抱に行って叔父の様子を見た時に、叔父も入院すべきではなかったでしょうか。

その叔父とは、次女の結婚式の時以来会わずじまいでした。次女ともいい関係ではありませんでしたので、帰省されたことも知らせてはもらえませんでした。叔母とは一度会う機会がありました。その叔母も、帰らぬ人となり遺骨で帰省したのです。

その後、叔父の長男が脳梗塞で入院したとのことです。最も大切な脳の病です。あとも残らないほどに回復出来ればいいのですが。

**（感想）**

「アルコールと肝硬変」（ＡＳＫ『アルコールで悩むあなたへ』誌上より）から学んだこと

「肝障害はアルコール依存症にもっとも多い合併症」ということです。「八十％以上の人に見られます。しかし症状が末期にならないと現れないため、気づかずにいる場合が多いのです。……肝硬変の前段階でも、飲みつづければたとえ少量でも肝硬変になります」

「アルコール依存症の治療は断酒しかありません。……いくら内科医が合併症である胃かいようや肝障害を治しても断酒を継続しないかぎり病気は再発し、……死につながります。飲みつづければ五年以内に七十％の人が食道静脈瘤の出血や肝性昏睡で死亡します」

「注目すべきは肝障害で死亡する人は五十歳前後がもっとも多い」ということです。

私にとっては、叔父の死がそれでした。叔父は残念な逝き方をしました。

# 昭和六十二年、家族教室参加ののち

私のＩ精神病院の入院が四回、夫も吐血して通院した経験がありましたが、いずれもアルコールに原因があることはわかっていました。

夫の知り合いの看護士さんに退院への道を開いてもらったという友達が退院した時、話を聞きたいと彼女に時間を取ってもらいました。彼女は、アルコールが原因で離婚したと話してくれました。私は彼女と二人で、夫の知り合いでＩ精神科病院の看護士に、夫がこのような状態ですということを一時間半ほどかけて話しましたところ、夫はアルコールとタバコ両方だったのですねと言われました。

「精神衛生法」から「精神保健法」と法律が改正されたのは昭和六十二年でしたが、平成元年の三月前後には、夫の知り合いの看護士さんと看護長さんはＩ精神病院を退職されていました。このののち、平成五年十一月十九日に夫が緑内障で市立総合病院に入院する際は、この看護長さんがロビーまで来て下さって仕事のことなど色々尋ねて下さいました。夫の病気について、アルコールがどれだけ夫と私のことをむしばんできたかを話しました。

仕事の方は会社にお願いはしてありました。現在の常務さんが結婚当初は毎日手伝いに来て下さっていました。それがあったればこそ、現在の私達があるのです。しかし今思いますと、この時が仕事をやめるいいチャンスだったのかも知れません。

夫の知り合いの看護士さんとはこののち話すチャンスがありました。じっくり私の話も聞いて頂きました時、五十四年に私が一回目の入院をした時は、夫の方こそ治療しなければいけない状況だったのだと言って頂きました。この病気は酒を飲めば暴力を加えたり暴言を吐いたりするが、夫のように昼間まじめに仕事をしていれば、その病は誰にも気付かれてないのです。ですから、五十七年に私が二回目の入院をする時も、救急隊員の方に夫をどこかの病院に連れていって下さいと言っても、ご主人はどこも何ともないじゃないですかと言って、私の方が入院させられたのでした。

外からは誰にもわからない、核家族の中に埋もれている病気なのです。ましてや私のように、D家からは「何も言うな」と言われ続け沈黙していたのでは、誰が気づきましょう。私のヒステリーと受け取られるだけでした。残念なことです。このような状況に置かれた私の立場を見て、アルコール学会の先生は「弱い者いじめ」だとおっしゃっていました。アルコールを飲む者が、同じくアルコールを飲む場所に出かけ、何の治療になるのか。問題を大きくしただけだともおっしゃいました。

私の一回目の入院の時、母が実家へ帰ってきて良いと言ってくれましたが、その時の母の言葉が正解だったのかも知れません。やはり母親の思いは偉大でした。

しかしC家の奥さんに言わせれば、D家長男の嫁の方が子育てが上手だからと、私の実家に子供を預けることを許しませんでした。C家では妹さんの所から養子を迎えているのに、子育てのことなどよく言えたものです。

# 夫の禁断症状

昭和六十三年、年初めから私は夫の酒を少しずつ断っていました。三月二十日からこの日、三月三十一日までは飲んでいませんでした。私が何か一言話した時にでした。古い物でしたが、小さい切れる物を木机に叩きつけたのです。そして何日も寝ていないのだと言うのです。夫は私が悪いから自分が酒を飲むのだと言っていましたが、このような禁断症状が出ては、私が悪いとは言えないと思います。この時、夫の言いなりにはなるまいと決意したのです。

この頃はアルコールの家族教室へ通っていたので、すぐそこへ電話を入れて薬を頂きに行き、夫は飲みました。その時、私は体調が良くなかったので一緒にいられませんでした。近所の呼吸器系の病院に三日入院することになったのです。

病院から帰った時、夫の兄から電話が入りました。姪御さんの結婚式の話でしたが、それから式の案内状を探しました。しかし、子供一人に留守番をさせて出席する訳にもいきませんでした。

五月三日、夫に本と手紙とお金と保険者証を持たせ、兄に夫を病院に連れて行って下さいとお願いしました。兄は、病院は自分で行きなさいという事で、病院へ行く事なく帰してきました。六月二十四日、夫が病院に行くと言ったのでご一緒して頂けますかと伝えました。そして、行って頂けないのならＰ医師に一筆書いてもらいますからとお願いしますと、それでは困りますとおっしゃいました。結局、三人でＰ精神病院へ行き院長先生の診察を受けることになりました。

診断名は「コントロール障害」ということでした。院長先生が勉強しにいらっしゃい、教えますからと言って下さいました。Ｄ家長男の嫁は診察室を出た所で先生を待ち、「どうしたら良いでしょうか」と尋ねました。すると先生は「何かあったら電話を下さい」と言って下さいました。

帰り道に食事を終え気動車に乗り込みましたが、発車した途端長男の嫁が「あのような病院へ出入りするな」と言うのです。要はアルコールの治療はするな、ということでした。こう言われるのも無理はなかったのです。なぜなら、夫は飲み会に行くのを喜んでおりましたし、一升瓶が空になったと言っては手を叩き喜んでいる人達でしたから。

それでも何回アルコールの家族教室に通いましたか。私から医師の話を聞いて、Ｄ家の長男の嫁は「院長先生の話は説得力がある」と評価はしていたのでした。一回行きましただけで、二度と行きませんでした。

夫の禁断症状には、次の四つに原因がありました。

一、昭和五十四年、D家親子が私達の「面倒は見ます」と言われましたが、私の話は一度も聞いてはもらえませんでした。

二、昭和六十年、夫と一緒に仕事をしていながら、私は仕事を学ばせてはもらえませんでした。帰りが遅いと、教室を貸して下さっている所の方を怒っているのです。一つの商品を造り上げないと帰れないのです。指導をして下さる先生は、約八十キロ位も離れた所から来て下さっていました。

三、昭和五十四年、私の一回目の退院後も、D家の長男夫婦は私が悪いからとC家にまで言いつけてありました。アルコールの問題を話した時にP精神病院の医師は、家族が倒れた時がアルコール依存症の線だと言われました。

四、夫の兄は糖尿病なのに病院には行っておりませんでした。N製薬の宣伝部長の要職にある人にもかかわらずです。兄嫁からは、昭和五十九年十二月に夫が入院するまで、夫に早く病院に行くように言って頂戴と電話がかかっていました。しかし兄弟で病院へは行ってないのです。

この頃、木藤亜也の『1リットルの涙』という本に出会いました。脊髄小脳変性症という、小脳、脊髄の神経細胞が変化し、ついには消えてしまうという病気にかかった人の話です。根治するだけの治療法がないといわれる難病です。

昭和六十三年六月二十二日、亜也さんは二十三歳という若さで亡くなられました。

この本で私は励まされました。

# N製薬のコマーシャルのあとに

N製薬のコマーシャルには、当時「子連れ狼」を起用していました。内容は、親子でよく話し合おうというものでした。

私の身内は、家族であれ何であれ、話し合いが出来るような環境にはありませんでした。ましてて、私が加わっての話し合いなど皆無でした。何事もD家親子とC家により決められていたのです。

その一、市で行われていた断酒会と家族教室に行ったことを知られた時、「お前のような者は断酒会になど行くな」と言われてしまいました。私がP精神病院を探してきたのも不服だったようです。P精神病院への出入りはするなとも言われました。

これまで私達家族三人は、D家長男の人形でもあるかのようにあつかわれてきたのです。

その二、昭和六十年九月頃のこと。私が乗っていたミニバイクが「太い車の邪魔になる」

と、Ｄ家長男の嫁から言われたのです。昭和六十三年十月のこと。キーを掛け忘れて玄関の前に止めていたそのバイクのバッテリーが取られてしまったのです。長男の仕業でした。交番に届けると、嫌がらせだと言われました。

その三、昭和六十三年十二月末のこと。会社の仕事が終ったあとのことです。仕事場に止めていた車の助手席左上のガラスに貼っていた、半年点検のステッカーが貼り替えてあったのです。何のためにされたのかはわかりません。

その四、平成元年二月から平成三年三月、子供の高校卒業まで続く。

カーラジオに「ザーザー」という雑音が入り、ラジオが聴けなくなりました。自動車会社でもこの修理は出来ませんと言われました。夫のいとこが代りのラジオを持ってきてくれて、取り替えようとすると聴くことが出来るようになりました。電波防止協会へ電話して尋ねますと、この雑音は車のどこかに何か部品が取りつけられたことによる電波妨害だと言われました。軽自動車とはいえ、私にはその部品を探し出すことは出来ませんでした。

これはＤ家長男によるいたずらでした。

その五、平成元年三月末のこと。Ｄ家長男が町内の体育部長を務めていたのですが、班の整理ということで慶弔金を少し集めておりました。叔母からその班の整理にと千円ほどお金を渡されたのです。結局、町の合併のために班がバラバラになりました。

昭和五十四年十月、あの時に実家に帰された方が良かったのです。

この時は母がいましたので、町内に入りなさいということでしたので、今までとは別の班に入りました。

その六、D家の長男が私に言われた事は、俺はするよと言って下さいました。父は、あのような事を言ってと言ったのです。

# 母の入院から退院前後——平成元年

最初に母の体調がおかしくなったのは、昭和六十一年九月一日に逝きました叔母の介抱に行く時でした。この時は四女のホームドクターの所に連れていき、レントゲン検査はしましたが、どうもありませんとのことでした。

平成元年に入院した時、胃カメラで検査をしたのです。胃の背中側に傷がありますと言われたのです。深く進行していた癌でした。末期だったのです。五月十八日に胃癌の手術を受けました。

この頃、私は夫のアルコール問題と母のことで気疲れしたのか、喘息を起こしていました。しかし母の手術だけはと病院に駆けつけましたが、その時母は手術室に入る直前で、麻酔が効いていたのか意識はありませんでした。手術は予定より長くかかりました。リンパ球にも転移していたとのことで、摘出する部位も多かったのです。

手術後、医師から詳しい説明を受けましたが、それから一ヶ月ぐらいは肉屋さんの前に立つことは出来ませんでした。

その母も八月には退院することが出来ました。その後、母は一人ずつ家に呼び、形見分けをしたのです。私は祖母から母に渡っていた、家紋の入った絽の喪服をもらいました。そしてこの時父と私を前にして、母が「もう一つ墓を作りなさい」と言うのです。父は義弟の墓と、母の実家の墓二つを建てていたのです。父の両親と兄の墓は別にあるのですが、「そこに」と母が言うのです。「そこ」は、父の直系の墓ということになります。

しかし父は「俺は作らない」と言いました。それも父の存命中だけでしょうが……。

この時の私の喘息は、一ヶ月は咳が止まらず、薬を飲んでも注射をしてもらっても良くならず、食事は全部嘔吐しておりました。そこで病院を変えたのですが、ようやく一ヶ月後に咳は止まりました。しかし具合が変ですので病院で診てもらったところ、貧血だと言われました。三ヶ月薬を飲み続けやっと元どおりになりました。それからは薬を飲むことはありませんが、平成二年に鉄欠乏性の貧血だとの診断を受けました。

平成元年の七月、夫の兄が帰省しましたが、足に痛みがあって仏様の前で正座が出来ないとおっしゃいました。この時は、夫の母の方でみんな一緒になりました。

# Q病院の、酒害のための家族教室——平成元年九月十一日

歩いて五分ぐらいの所で酒害のための家族教室が行われるというので、D家に朝から電話を入れました。叔母さんと長男の嫁がいたのですが、誰も出席してくれませんでした。しかしその教室での話は、とても理解しやすいものでした。要は、酒害者の心の問題だとのことでした。酒害者の心の特徴についてや、対人関係がうまくいかないこと、暴力や暴言を吐くことなどを説明してくれました。

中でも「投影型同一視」の解説では、「楽しい酒を飲ませてくれない」などの言葉がそれでした。夫が私にいつも言っている言葉だと思い納得しました。どのような発言をしているかで、病気の判定が出来るのだということを教えてもらったのです。しかし、病気の特徴も色々でした。

# 我が家の鍵——平成元年十二月の第一日曜日

日曜日でしたし、夫の仕事の手伝いもないと思い、子供に留守を頼み一人でミカン狩りに出かけました。これまで両親には、夫の入院の時にも手伝ってもらっていました。それに何よりも、母の余命も残り少ないこともありまして、実家のミカン狩りを手伝いに行ったのです。

仕事もなかったのだし、夫も一緒に行ってくれれば良かったのですが、何も言わずどこかに出かけていました。そして途中ガソリン切れを起こし、夜通しバイクを押して帰ってきたのです。電話ならどこにでもあったでしょうに。連絡すればいいことでした。

この時は私は寝込んでしまいまして、午前五時に起きても夫はまだ帰ってきていませんでした。午前六時頃になってやっと帰ってきたのです。

伯父がどこから聞いてきたものか、その時伯父は実家に行っていたとのことでした。いつものことです。一言言って出ればいいものをと思うのですが、こんなことでも言わないのです。しかし帰ってきた時の、夫の怒りは大変なものでした。怒りの矛先はいつだって私に向かうのですが、この時もとんでもない話に飛ぶのでした。「私のような女を誰も雇いはしない」と言い出したのです。

常日頃口にしていた言葉ではありますが……、私としても何か働き口がないものかと考えていた時でしたので、早朝に三十軒ばかりの新聞配達を始めたのです。夫の仕事には支障を来さないとの約束でした。寒かったので、厚手のズボンをミシンで補正してはいておりました。

始めて一週間ぐらいした頃でした。ミシンの本体を止めてあった捩子が緩んでいたのです。雑巾を作ろうとミシンを出した時、ガタガタするので気付いたのです。このようなことは夫も子供もしません。私自身も身に覚えのないことでした。

夫に話すと、自分がして忘れただけではないかと言われました。そう言われると何も言えません。一回目の入院以降、物覚えが悪く、物忘れがひどくなっていたからです。

しかし、我が家の鍵を持った人がしたに違いありません。

## 母の最後の入院――平成二年二月初旬

病気のことは本人には話していなかったのですが、母は総てを知っていました。

私は、手術する時は何も手伝えませんでしたので、この時は病院に行かなくてはと思っておりました。仕事場と病院と住まいは同じ通りにあり、仕事場からバイクで走って五分ぐらいの所に病院はあったのです。駐車場も止めやすい場所でした。仕事帰りにも、少しでもと思い立寄っていました。

母に洗濯をしてあげると言いますと、実家の妹が母に「洗濯ぐらい自分でしないといけないでしょ」と言ったとかで、「私がする」と言うのです。母の最後の入院に際し、妹もよく言えたものだとあきれました。

母はいつも昼頃待っていてくれました。私が時刻に遅れると、心配するようにもなりました。

私のお産の時、母が私を介抱するのを失礼にも夫が断りましたので、どんなことでも母にはしてあげるつもりでした。でも母は、自分のことは最後まで自分でしたのです。頭が下がる思いで、母には何も言えませんでした。

この頃、私は夫にQ病院に行ってくれと言いました。病院へ行かないのなら、母に何かあった時は実家に来てもらわなくていいとも言いました。しぶしぶ四、五回は行ったでしょうか。でもそれ以上は続きませんでした。

病院へ行った時は、二、三日は通常の話が出来るのですが、行かないと会話が成り立ちません。しかし、「病院へ行かないのがこの病気」だとも言われていました。

県立病院のS医師が「酒を飲ませて連れてきて下さい」と言われましたので、ワインを飲むように勧めました。すると、夫は「飲んだら病院だろう」と言って、イライラしながら怒り出したのです。

この時に、近所のG氏が「わからない嫁は叩いて教育しろ」と言ったのです。家庭内暴力を奨励したのです。この方は元志願兵だったそうですが、私の伯父も軍隊に行っていましたけどこのようなことは一言も言ったことはありません。大酒を飲み他人や子供に暴力をふるう人と、アルコールの治療を受けるようにと勧める者と、いったいどちらが悪いというのでしょう。G氏の精神を疑います。

しかしこの時、私は何を言われようと母の所へ行くのをやめることはありませんでした。あとで悔やむことになるだろうと、するだけのことはしました。

この時私に良くして下さったのは、Q病院のT医師でした。

残り少ない日々を母と過ごしておりました。二人して泣いたり笑ったりしておりました。母も仕事の手伝いに来てくれたこともあり、私の家の事情はよく知っておりましたので、七月になった時、盆の仕事の話を私がしたのですが、母の介抱は、私だけで三女には頼まなくてもよいとのことでした。そのあと悪くなったのは週の半ばでした。再び病状が悪化したのも週の半ばでした。母方の叔父さんと二人の甥も東京から駆けつけてくれ、母の叔母も見舞いに来て下さいました。叔母が来た時は、みんなを笑わせてくれました。母は全部の人に会って逝ったのです。

母は最後の最後まで、しっかりとカレンダーを見ていました。

私は、母に対しては何も思い残すことはありません。母の教えは、「知らないことは、メモを取って覚えること」でした。「自分が逝ってから、私がどのようになるか心配だ」とも言い残しました。

母が、テレビを見るために最後にコインを入れたのは、「篠栗の遍路さん」という番組でした。母もどこへ行くこともなく、篠栗の遍路さんだけでした。

母へ――安らかにお眠り下さい。

# 平成二年七月二十五日の通夜から告別式

通夜の日には伯父が他の人よりも一足早く来てくれました。このあと一ヶ月後に伯父のお姉さんも逝かれましたが、まだこの時の伯父は元気でした。母に別れを告げに来られたのでしょうが、力落とされたのかも知れません。病院にも来てくれていました。

伯父はその後入院され、約二年後に亡くなりました。実家の祖母と母方の祖父が逝った時と同じケースだと思われます。

義弟の告別式では嫌な思いをしましたが、今回は親です。A家の長男とB家長男の嫁と私との三人で午前四時半まで母のそばにいました。二人は私がどのようにするかを見ていたようです。義弟の時のように供花で飾り立てればまた何か言われそうでしたので、今回の母の葬儀では何もしないことに決めていました。

しかし仏様に花を手向けるのは告別式だけではありません。忌明けもあります。忌明けに夫の兄以外から花は来ませんので私も考えました。私の何が悪いのでしょうか。

母の葬儀は妹が取り仕切っておりました。義弟の場合はそれでも良かったでしょうが、親の事は妹一人でやるものではないと思いました。嫁に行ったとはいえ親子は親子ですから。しかも父が健在だったのです。そこのところを妹は何も考えていなかったのです。

火葬場に行った時の話ですが、B家長男の嫁が母が私に渡した紹の着物のことを言い出したのです。母方の叔父もその話は聞いていたと思います。実家の家紋のついた紹の着物を着る私に「それはどうしたのか」と言うので、私は「母にもらいました」とだけ答えました。そう言うと、彼女は何も言えなくなってしまいました。母は私に家紋を渡したのです。

告別式も終えた時、三女が話したのは香典のことでした。二人の妹は本家に嫁いでいましたが、これから先のおつきあいなどを考え私も知りたかったのです。実家の妹も、B家もひどい剣幕でした。

告別式には親代りD家長男の嫁が来てくれましたが、C家の顔は見えませんでした。後日、私がC家に行った時、実家の姪があぁだった、こうだったと話されました。C家が私にしたことを棚上げにして、媒酌人の奥様と言えども、私の実家の事に対してまでも指図する必要はないのです。私が実家にいれば別でしょうけど。それに、私から他人様に対しどうしろこうしろとも言えません。C家は私のことに対し、あまりにも介入しすぎます。

告別式から二週間後には、盆を迎えました。

この時も夫の兄から仏様に何かお供えをと言ってもらったので、実家の妹に必要な品があったら言ってと申し出たのですが、「お供えは勝手に」とのことでした。こんな話し方があるでしょうか。

義理の間柄とはいえ、思慮もなく、二度も三度もよくも言えた言葉です。私としては、後悔しないようにと出来るだけのことはしました。

通夜の席でのことでした。A家長男が話すには、胃腸科の医師からパーキンソン病だと言われたと言うのです。伯父も同じ病院で同じ病名でした。

**（感想）**

私がこの胃腸科の奥の待合室にいて聞こえてきた話ですが、「アルコール依存症だけど、若いから精神病院へは入院させられない」ということを話しておりました。

私が三日間入院した呼吸器科の先生は、私が点滴をしている時、横のベッドにいた方に「アルコールは体に合わないのだから、別の趣味を持ちなさい」と話していました。

専門医は「趣味でアルコールの治療は出来ません」と言う事でした、内科医の医師は、アルコールの治療に対しましては、抱え込みの治療なのですと言いました。

だから、私の一回目の入院の時も、市立救急病院の薬剤師、内科院長、精神病院院長で変な治療をしたのです。患者の話は何一つ聞いてはもらえませんでした。

# 母の忌明け

父が、忌明けをするから手伝ってくれと電話してきました。

その前日にも私は花を持って実家に行っていたのです。花をお供えしましたが、そこには父もいたのです。なぜその時に言ってくれなかったのでしょう。

当日、早めに行ってみると三女がすでに来ていました。私はどのようにすれば良いかを聞いていませんでしたので、次女に尋ねたのです。すると、私の手伝いはいらないと言うのです。その席には父もいました。しかし父は何も言いませんでした。

「父には聞きましたでしょう」と、伯父の家を訪ねて話しました。次に四女の所を訪ねると母上がおられたので、「今日は泣かせて下さい」と、話を聞いてもらいました。時間も時間だったので、それから自宅に戻りました。四女の所の母上が「今日は客として母の忌明けに参加されませんか」ということでしたので、親子三人で行きました。次には義理の弟の実家の兄嫁からは忌明けに手伝いをなさいと言われました。実家でもどこでも、私のような者は必要とされない者だったのです。

# W市での酒害対策大会から――平成二年八月十九日

夫はP精神病院の医師から、コントロール障害と言われていました。県立病院のS医師から「酒を飲ませて連れてきて下さい」と言われた時は、夫は病院に行くのが嫌で酒を飲みませんでした。Q病院ではアルコールに依存していますと言われましたが、その病院には四、五回しか行きませんでした。

そこで、毎年盆を過ぎた頃に酒害対策大会が行われていましたので出かけました。病院はP精神病院にしようと考えていましたから、市外で行われる大会ということもあり行ったのでした。

家族教室で知り合った方が、P精神病院の事務局長さんを紹介してくれまして、それからはP精神病院で行われている家族教室に通うようになりました。そこでは、これまでの私の話をよく聞いてくれました。

これまで「私が悪い、私が悪い」と言っては、みんな嘘で固められていたことも、「それは変だ」と言って下さいました。次に夫のカウンセリングもしてくれて、夫の莫大な借金のことも知ることが出来たのです。そして独身時代に作った夫の借金は、私には何の責任もないのだということに気付きました。

平成三年一月十三日のことだったと思います。近所に住んでいた夫の叔父達四軒に、「嫁として認めて頂けますか」とご挨拶に参りました。この時、夫の親代わりのD家長男からは、「嫁とわかっている」と怒られ、本家の長男の嫁からは、叔父から暴力をふるわれているとの話を聞かされました。

夫の祖父母の四男を訪ねた時は、叔父から三十二歳で自殺した叔母の話をしてくれました。

夫の兄に「嫁として認めて頂けますか」とお願いしましたところ、「二人だけの問題です」とおっしゃいました。それもそのはずです。兄は夫の借金の九割を払っていながら、その原因究明をしていなかったのです。借金した原因は私の責任にされていたのです。

D家の長男も、私を嫁とは口先だけでした。私は夫の方にもらわれた嫁ではなかったので、私が一人で話しに行っても取り合ってはくれませんでした。何回行っても同じ事でした。人間あつかいしてくれないのです。これで嫁と言えるのでしょうか。「嫁」であり「妻」ではあっても、「お手伝いさん」と何ら変わりなかったのです。

夫の叔父・叔母のところに私が挨拶回りに行った時、D家長男の嫁は、P精神病院に私がヒステリーだと電話を入れてありました。次に家族教室に行った時、ヒステリーと言われないようにとのアドバイスを受けました。

C家にも行きましたが、ここでも病院の話は聞いてはもらえませんでした。

この挨拶回りには、一族の家族教室への参加がかかっていたのです。先生の方からは「どれくらい待ちますか」ときかれ、「一年待ちます」と答え、先生に待ってもらっていたのですが、一年五ヶ月待ってもみなさんの参加はありませんでした。病院では、周りの人達が悪いのだと言ってくれました。

皆、人の命をどのように考えていたのでしょう。

平成四年五月十九日は夫の父の祥月命日でした。その日にD家を訪ねたのです。この時、以前挨拶回りした時に「次男の嫁として認めて頂けますか」と書いた一枚の便箋を持参しました。

実質嫁と認めていないのなら離婚届は書けますでしょうと言うと、さっさと書いてくれました。二枚書いてもらいました。そして長男は「以後この家への立入禁止」と言いました。二枚の内一枚は兄に送りました。

兄からは、アルコールの勉強をしたのが離婚だったのですかと、電話が入りました。それ以後、その兄には私の思いをどれだけ話したでしょう。書き綴った手紙がダンボール箱一杯になったそうです。

この頃一日の睡眠時間は五、六時間でした。お陰で目が悪くなり、網膜裂孔になってしまいました。

以下は、私がアルコールの家族教室はじめ、色々な集いに参加した時に住まいにいたずらをされた事です。どれだけの事をしてあるでしょう。

一、結婚指輪をケースに入れしまっていましたが、そのケースに貼ってあった宝石店の名前が剥がれ、見にくくなっていました。

二、持っていた絣の切れ端のことです。この絣を織られた方の最後の作品だとのことでしたが、その名前書きが剥がされていました。

三、夫の仕事の取引先関係書類の中で、市が発行した売買契約書の夫の分がなくなっていました。私の分だけが残っていました。

四、玄関のドアが開け放してありました。朝私が出る時に開け放して出たのではありません。その時間から開け放していれば、玄関にあった物が風で乱れていたはずです。砂だって入っていたでしょう。

五、ガスの火の不始末です。ガス台の火が他に燃え移っていたら大変なことになっていました。
私は火のことについては祖母からきつくしつけられていましたので、自信がない時は、どこへ行ってからでも帰宅し確認していました。しかしその時でも、一度もつけっぱなしということはありませんでした。

四と五については、子供も見ているのです。子供と私はほぼ同じ時間に帰宅していたのですが、子供の帰る三十分ぐらい前にやられていたのでした。親子喧嘩の種を作っていたのでしょう。

いつの日だったか、大家さんが合い鍵と言われましたので、火の不始末の時に鍵をもう一つつけました。その鍵を取りつけてからは、合い鍵一つだけでは入れなくなりました。

古い鍵が、外にある風呂のガス釜の上に置いてありました。その鍵は、古い方の鍵穴を通りました。
六、平成三年四月に市長と市議会議員選挙のあった時のことでした。選挙の入場整理券がポストに入っていなかったのです。選挙管理委員会と郵便局の集配係に電話を入れて確認しましたが、○日に配達したとのことでした。ポストに投函された手紙まで盗まれるようになりました。この時は、ポストにも鍵をかけました。

同じ頃、玄関前に止めていた車のアンテナが曲げてありました。

七、A・A（アメリカで始まった自助活動グループ）を紹介頂き、基地に出入をしました。基地の病院内でA・Aをしていました。日本人の方も出入りしていました。この時はタイヤのナットが緩めてあったのです。

それ以前、私はタイヤにはさわっていませんでした。家を出る時もどうもなかったのです。帰宅途中のことでした。この日は雨が降っていました。六月のことです。タイヤがパンクしたような音がしたので、車を止めて何度かタイヤを見ましたがパンクした様子もなく、パタパタという音がしていただけでした。

いつも行っていた修理工場に行く時間がなかったこともあり、その通りに断酒会の会員さんが経営する工場がありましたから入りました。その時に気づいて良かったのです。四本のナットのうち、一本だけ止まっていただけで、あとの三本が緩んでいたのです。一本のナットなど取れる寸前でした。走行距離を計算に入れてのことでした。

U市の警察署に届けましたが、殺人行為だと言われました。事故を起こしていれば大変なことになっていたでしょう。

あとで気づいたことですが、仕事場のサッシもこじ開けるように切ってありました。

このように、夫婦してなぜこのようなことが出来るのでしょう。しかも、D家長男はG氏にスパイさせていたのです。私の行動は常に監視されていたのでした。
D家長男の取引先のガソリンスタンドが、近所に開店した時のことです。お祝いの品を届けた時、彼とG氏が知らない仲ではないと二人で私達のところに来て話したのです。私が考えていたとおりでした。

# 母の一回忌――平成三年七月

祖母のいとこ関係とC家、D家のこれまでのことは、全部カウンセリングの医師に文章にして提出していました。義弟の実家、B家に書いて渡したのです。周りは気づいていないことでも、他人が聞けば変な話ばかりだったからです。

母の葬儀などの際、次女の目があったということもありますが、私はこれまではA家の娘（B家長男の嫁）を立て後ろの方の席に着いていました。しかし母の一回忌には、彼女は来ていませんでした。ご主人と長女の方が見えていました。この時、B家の母上と私の祖母はいとこだったと話しますと、「そうでした」と言われました。ちょうど父も次女もいなかったので、「母上に渡して下さい」と書いたものを長女の方へ渡したのです。

数日後父に会った時、「あのようなことを書いて」と言われてしまいましたが、事実は事実ですから……。その時、父が以前に飲酒運転で事故を起こしていましたので、アルコールの害についての話を聞きに行ったらと勧めましたが、「俺は行かない」と言いました。

前の年の盆の時に、嫌な思いをしていましたので、母の新盆は、医師からは「私がすることではないでしょう」と言ってもらいました。

Ｐ精神病院の人が、家族教室に私の親族関係は誰も来ませんよと言われてしまいましたので、Ｃ家に行きましたけど母親も嫁も梨の礫でした。救急隊員の方に相談しても、アルコール依存症患者には関わってはくれませんでした。Ｃ家の養子の方とＥ家の兄夫妻は、市の職員です。保健婦さんも同じです。多くの市の職員の方も何の協力もありませんでした。

平成三年十二月十五日のことでした。Ｕ市の医師会館で「アルコールフォーラム」と銘打った会合が開かれましたが、市の広報誌にも載ったのに誰も参加してくれませんでした。市の職員の方も、保健婦さんも参加していませんでした。

平成四年七月、次女が手術しなければならなかったので、母の三回忌は取りやめでした。この時は、Ｂ家からは長男の姉と嫁が来てくれました。私の話になった時、お姉さんが話されたのは、「それは欲からきたものでしょう」と言うのです。それまでも、カウンセリングの医師からも「欲」という言葉が出ました。会社の常務さんに話しました時も「欲」と言われました。他人様の意見はみな同じだったのです。私に何も悪いところはなかったのです。

そしてみなさんが一様におっしゃるのは、過去の諸々があったからこそ現在に至っているのだということでした。

# 伯父の死に思う――平成四年六月十六日

伯父は、元気な頃は我が家へよく来てくれました。その伯父も、伯母が亡くなってからおよそ十年後に逝ってしまいました。

昭和五十七年に伯母が逝きますまでの五年間ぐらい、否もっと長かったかも知れません、毎日伯母を介抱するために病院に通っていました。

伯父がよく話していたのは、二十七歳で戦死した伯父の話でした。戦地で会い、少し話が出来たのが最後だとのことでした。その後も会う約束をしていたそうなのですが、周りがマラリアにかかり会えなくなり残念だったとも言っていました。二人の伯父の亡くなれたのが同じ月で、三日違いでした。しかしこれを知った時はびっくりしてしまいました。四十七年の年を経て三日違いというのですから。

母が最後に自宅に帰った時も伯父は訪ねてくれました。その時の母は幸せそうでした。しかし、伯父のお姉さんが母の死から一ヶ月後に亡くなられたのです。

私は何かある時には、いつも伯父に相談に行っていました。しかしそれも私が結婚してからは変わりました。伯父が「なぜあの時に、俺の所へ来なかったのか」と言いましたが、あの時は夫の方で媒酌人C家を立てるばかりだったのです。

伯父はいつも、「善と否ははっきりしなさい」と言っていました。

D家一族は善悪の区別ある人達ではありませんでした。私を傷つけるばかりだったのです。兄にしても同じようなものでした。

皆さん、他人様には良い方です。

ある胃腸科の医師はパーキンソン病ということでした。良くなったり悪くなったりを繰り返し、少しずつ進行していったようです。泌尿器科の医師の話として、家族の方が話された時、私はどんなに残念に思ったことでしょう。安らかにお眠り下さい。

## B家長男、五十六歳の死に思う——平成五年四月七日

短い生涯でありました。B家長男が亡くなられた日は、私の誕生日と同じ日でした。私は通夜も告別式も行きませんでした。弟さんの養子の話を断ったこともあり、行かれる所ではなかったのです。

私はご仏前でいいですと言いましたが、四女が香典でということでした。ご仏前でしていれば、私は何も知ることはなかったのですが、この時も二つか三つ知ることが出来ました。

このように若くして亡くなられますと、平成三年に私が書くだけのことを書き渡したのは良かったのだと思います。ですから、何も悔やむことはありません。する時に、するべきことをしないで、あとで後悔してもどうしようもありませんから。

次女の結婚当初、私はB家長男に「話が違います」と電話を入れました。それもそのはずです。妹には嫁にやるからと言っていたのに、B家の弟には養子にやると話していたのです。その時次女は、A家、B家、C家、D家の方から出された私を怒っていました。

この時、父が「あんなことを言って」と私を怒りました。父は媒酌人のC家こそ怒るべ

きだったのです。Ｃ氏が夫に「出て良い」と言っていたからです。妹からも父からも、私は怒られてしまったのでした。

父が怪我をした時、Ｂ家長男は実家の仕事の手伝いには来て下さいませんでした。Ｂ家が葬儀に行くべき所ではなかったように、実家も私の帰る場所ではなかったのです。

いつだったか実家の姪が、私達がいる場所ではないと、私に向かって言ったのです。

# 夫が緑内障でU市の総合病院へ入院
## ——平成五年十一月十九日〜十二月二十四日

昭和五十九年の入院の時は、夫はひどい栄養障害でした。今回の緑内障は、末梢神経が圧迫されて眼圧が上がる病気だとのことでした。神経も血管も全身に通っているものです。どこかに障害が出るのでしょう。どのような障害が出るかわかりませんと、言われた矢先のことでした。

この頃、夫はアルコールを飲んでいませんでした。しかしそのためかどうか、ひどくイライラしていました。病院の方としては、このような症状の人は「ポッと出、ポッと出します」とのことでした。

夫の入院のことは誰にも言いませんでした。入院中、嫁がれたいとこのご主人の法事がありましたので私一人でお参りに行きましたが、その席で夫が入院したと話しましたところ、叔母といとこの何人かで見舞いに来てくれました。見舞金の中にD家長男の名前がありました。

私や夫の入院の、根本の原因はアルコールでしたので、病院にはアルコールの治療をお願いしていました。しかしP精神病院の治療を受けた時は、「こんな病院に出入りするな」と言われましたので、次に総合病院の入院になりました時はD家長男の嫁が見舞いに来ました。しかし、そこではアルコールの治療はしてもらえませんでしたので、彼女からの見舞金は書留で送り返しました。しかも長男の嫁も「病気の源の治療をするな」と言いながら、よく見舞いに来れたものです。

一、昭和六十三年六月二十四日に、夫と私とD家長男の嫁と三人でP精神病院に行きました時も、一緒に来て下さいました。しかし帰りには、アルコールの治療をしているP精神病院の出入はするなとの事でした。

二、平成三年一月十五日、病院へ行く前、「次男の嫁として認めて頂けますか」と挨拶回りをしました時も、D家長男はすごい剣幕でした。これまでも一人で行くと、「一人で来ても話は聞けない」と言って一度も聞いては下さいませんでした。

三、平成四年五月二十日の午前七時半でした。

離婚届を書いて「これ以降出入りはするな」と言われましたが、離婚届を使わない時は異議の申し立てするとの事でしたけど、申し立ては来ませんでした。

このことを私は夫に一言も話してはおりません。場合によりけり、その時その時が良ければいいという人達がされたことです。夫と私のカウンセリングをして下さった方にデタラメと言われました。

四、平成十年十月十一日午前八時二十五分、D家長男に電話を入れました。これまでのことに対し異議の申し立てをなさいませんと言いました時、一言「異議はない」と言われました。夫の父は長男でした。人間関係は、何も考えてありませんでした。

五、神経には中枢神経系と、皮膚・感覚器官・筋肉・腺などとを連絡する末梢神経と、意志とは無関係に血管・心臓・胃腸・子宮・膀胱・内分泌腺・汗腺・唾液腺・膵臓などを支配し、生体の植物的機能を自動的に調節する自律神経があると教えられました。

アルコールも飲ませ方によっては、人権侵害にもなります。夫にどのような飲ませ方をしてきたのでしょう。アルコールハラスメントの定義五項目にある「イッキ飲み」だけはありませんでした。

六、夫が緑内障で入院した時は、退院は十二月二十四日になりましたので、仕事関係の忘年会には行かれませんでした。

しかし、新年会には私が出かけました。オードブルはなく、個人名がテーブルに置かれての会席でした。この時に変なことが二つありました。最初は蠟で温める料理でしたが、台が低くて火がつきません。火がつかないのは私一人でした。

もう一つは、宴も終わり頃に席を離れた時のことです。席に戻ってみると、白いテーブルクロスが水でびしょ濡れになっていたのです。終りも近かったので、私は会席の名前書きもそのままにして帰りました。

二次会のメンバーもしっかりと取っていたようで、若い方がお世話していたようです。

# 長男の手術に思う

平成七年五月二十日は、長男が初めて受診した日でした。この時は一人で病院に行きまして、病名はVと診断されました。

体重が減ってきていたのですが、よく歩いているから減ったのだと思っていたのですが、そうではなくて病気だったのです。薬を頂き飲み始めたのですが、下痢が始まりました。薬の副作用については、赤血球が少なくなるとのことでした。もう一つの副作用としては脂肪肝です。

この病気にかかる人は多くいたのですが、専門医がいなかったのです。内分泌系の病気とはいえ、果たして糖尿病の専門医で大丈夫かと不安でした。U市の総合病院で十九ヶ月間、病気の数値を抑える治療を続けました。

平成九年一月八日にW市の個人病院に行きました時、これまでの「治療経過」を書いてもらってきて下さいと言われました。そこで一月九日に総合病院に行き、専門病院に変わりますと言うと、それは話が違うでしょうとすごい剣幕で叱られてしまいました。

薬で治療するか手術をするか、どちらを選ぶかと言われて、薬での治療をお願いしていたのです。しかし薬では完治出来ないので、病院を変えたのです。総合病院では、病気がどのような状態になっているかの説明がありませんでした。

これまでの薬の処方箋を書いてほしいと言ったのですが、書けませんと言われてしまいました。その時は、では結構ですと答えましたが、コピーで良いのにと言われ、次にコピーを下さいとお願いしましたところ、五時までに取りに来いと言われました。そのコピーを持ち、十日にW市の病院へ行きました。

これまでの治療経過を見て、医師は治療程度が低いと言われました。内科医と専門医の違いだったのでしょう。その病院では、病気に関する専門書も何冊か紹介してもらいました。

それからは、手術をするための治療に入りました。少し腫れも取れてきて、約二ヶ月後に手術をしました。手術の時、医師から「治療とは、先のことを考えた治療でないと、治療にはなりません」と言われました。

アルコールの治療でも同じです。夫や私の担当医は、先のことを何も考えてはくれなかったのでした。GALEN医師は、「最高の治療とは、医師と患者の限りない信頼と愛情の上に築かれる」と言っておられます。

しかし、子供が精神的にも参っているこのような時に、夫は手術にも立ち合わないのです。二十七日間の入院中、一度も子供の顔を見に行っていないのです。我が子のことをどのように考えていたのでしょう。専門学校を卒業する時も、何の力にもなってあげなかったのです。就職の誘いを頂きました時も、社交辞令ということで断っているのです。

子供は家に帰る頃、あれだけの嫌がらせや悪戯をされましたのに、何も言わずに学校に行っていたのです。学校へ行くのを最も嫌がったのは高校時代でした。スイミングクラブのことがありまして、転校も勧められたのです。幼い頃から子供も心底参っていたのです。

**（感想）**

「胎児性アルコール症候群」（ＡＳＫ『アルコールで悩むあなたへ』誌上より）から学んだこと

「妊娠中の母親の飲酒が原因で、その子供に種々の障害が引きおこされることがある。……これらの障害はまとめて胎児性アルコール症候群、またはより広く、胎児性アルコール効果と呼ばれている。……その主な特徴は、一、知能障害、小児の多動性、二、出生前および生後の発育不良、三、特徴的な顔貌（たとえば目の横幅が異常に短い。上唇が薄い、上唇中央の溝がない）など、四、手足、内臓の奇形などである」

このようなものを耳にしますと、私としても他人事ではないのです。子供の足の脱臼は生れつきと言われました。小学校の入学の頃わかりましたが、外科医はたいしたことはないと言ったのです。しかし、大きくなってからは痛みも出て来ました。早く専門医の所へ行っていれば、きちんとした治療が出来ていたのではないかと思うと残念です。

それは私が飲んだアルコールが原因ではありませんでした。母親がアルコールを飲まなくとも体の変形は発症するのです。

# 叔父（夫の祖父母の四男）の死――平成九年四月二十八日

高血圧症から心臓を悪くし、亡くなられたのでした。いつの日だったでしょう、ニトロを飲みながら歯の治療に行かれ、一晩中血が止まらなかったと聞きました。歯科医も知らない方ではなかったのですが、あまりに無茶な治療でした。男の家系だったからか、病気に関しおしなべて無頓着な人達でした。

知らせを受けてから、夫は仕事を早めに切り上げ、叔父の所へ行きました。私が朝から叔父の所へ行きました時は、叔父には夫が一人付き添っていました。他の人達はどこかで話し合いをしているとのことでした。

一、初めは通夜のこと

早めにと思い、夫の兄に頼まれ、親子三人一緒に行きました。すでに二、三人の人が来ていました。

受付は二人いられました。D家長男と叔父の姪の長男がそこにいました。通夜と告別式の会葬礼状の数が読めないからと、私達の分はあとでと言われましたが、あとから来られた身内の方は頂いておりました。それを見まして、姪の長男が一人でいる時、兄と二人分もらいたいと言って頂戴しました。

別に会葬礼状は頂かなくても良かったのですが、D家長男に変なことを言われましたので、兄に報告とも思いもらったのです。しかし結果として、頂いていて良かったのです。

## 二、次はお供えのこと

お供えのことに関しては、私は何も聞いていませんでしたが、「いとこ」と「従兄弟」と二つ、お供えしてありました。従兄弟の方は、叔母の方から来ている品だと私は考えていたのですが、夫に聞いても知らないとのことでした。

夫にはD家が話していないのです。これを教えてくれたのは、本家の長女の方でした。

これを知らなければ、D家へ兄と二軒分の支払いが出来ないところでした。金額も教えてもらいましたので、夫に言って支払ってきてもらいました。話は聞かないとわからないのです。しかし、葬儀にこのような失礼な話はないのです。身内なら身内らしく、もっとしっかりと取り仕切ってほしいものです。

三、二七日のこと

初七日は葬儀の時に終えていましたが、この日はお寺さんの指定した時間より早く出かけて行きました。雨が降っていたのです。私は車で行き、すぐに見える所に止めておきました。

表玄関から入っていったのですが、D家長男の嫁は勝手口から入って来ました。しかし、彼女は私の顔を見ると引き返していったのです。次にD家の叔母が入って来ました。嫁が引き返していったのは四男の叔母も見ていたのです。

叔母にも挨拶をし、皆よりも一足先に帰宅しました。私には、逃げ隠れすることなど何もないのです。

四、忌明けの時のこと

夫に叔父の忌明けに行きますかと問いますと、行くと申しましたので、前日にお参りし、夫にはこれを飲ませて下さいと、大きなペットボトルを三本持っていきました。当日、夫からは酒の匂いはしませんでした。

五、一回忌のこと

この時は、子供でもないのだしと思い、ペットボトルは持っていきませんでした。しかし、持っていかなかったから案の定、夫はアルコールを飲んできました。

後日、叔母さんに夫のことをお願いしようと訪ねたのですが、私の話を聞かぬまま「来なくていい」と言われてしまいました。そして夫のことが可愛いのか、それとも憎いのかと私が問われました。

皆、アルコールの飲ませ方を知らないのです。正しいアルコールの飲み方は、一種のモラルではないでしょうか。

以下は、これまで夫と夫の周りの人達が、酒を飲む際に話してきた言葉のあれこれです。

○私の親の話を聞くこともなく、私の親は何もしないと常に私を責めていました。そして、「親が悪い」「私が悪い」と言うのでした。

両親が、この長い年月どれだけ多くのことをしてくれたでしょう。

○その時その時が良ければいいと言っていました。

○D家長男の嫁は、「酒はケチるな」と言っていました。

○夫は、私が楽しい酒を飲ませてくれないと言いました。十年間、毎日外で酒を飲み、帰っては家で仕上げにと再び酒を飲み続けました。いつだって一言でも何か言うと、暴力をふるわれ、何の話も出来ませんでした。片言を話し出した頃の子供にも暴力をふるいました。子供を常にうるさがっていました。

○飲んで言うこと、飲んですることには責任はないと夫は豪語が多かったのです。しかし責任はあるのです。自ら作った莫大な借金を、自身の兄に支払わせるなどもってのほかです。

○新聞を読む夫の手が震えていました。バイクに乗るからだと言い訳していました。

○「アルコールは人を狂わす水だ」と言いながらも飲み続けていました。

○「飲んで死ぬなら本望」とも言っていました。

○「俺が」稼いだ金で「俺が」飲むのは勝手と言っていました。私が衣類を買うと言うと、着る物を買ってどうすると言ったのです。家族の生活費をどのように考えていたのでしょう。

この時C家の奥さんに、「このような人は結婚出来る人ではなかったのです」と言うと、男は結婚しないと社会的信用が得られないと言いました。

○「俺の言うこと、することは間違いがない」と言いました。

他人様に対しても、どれだけ暴力をふるったでしょう。

○「酒を飲めない者は、酒飲みの気持はわからない」と言いました。

このように自分勝手な酒飲みは、他に見たことも聞いたこともありません。D家長男から、私に「お前のおやじも飲みよって」と言われましたけど、私の父は子供に暴力をふるうこともなければ、借金して飲むようなこともありませんでした。それはもう、病気なのか病気でないのかは、話を聞いていたらわかります。

祖母からは、アルコールの害について聞かされていました。大酒飲みは、昔も今も変わりないのです。

# あとがき

アルコール依存症の歴史的、時代的、社会的、文化的問題は、個人の力ではなかなか克服出来るものではありません。アルコール＝うつ病＝自殺という図式も出来上がっているようです。内科的にはうつ病の治療は出来ませんでした。

しかし、患者の権利や基本的人権の尊重は守られず、差別、偏見は患者の環境を取り巻いています。道義は闇の中、人の真心など感じられませんでした。また、私への嫉妬はどれだけ向けられたでしょう。予防的措置や健康管理指導、正しい治療も受けられませんでした。初期介入、早期治療とは言われても、現実とはほど遠いものでした。

患者は遺伝とか、血筋とか、奇形などという偏見や非難を甘受しなければならないのでしょうか。飲酒にまつわる人権侵害は少なくないのです。

私の住んでいる市をふくめ、県北地域ではアルコール治療は遅れていました。長い年月のうち、何軒かのうちは潰され、何人かの人が自殺されたのです。

アルコールの問題は、個人の健康障害にとどまらないのです。欠勤による生産性の低下、事故や犯罪による社会的損害などですが、それを損害額として計上してみると、年間の酒税の三倍（一九九四年当時）にあたるとのことです。

また、一般病院に入院している患者の約五人に一人は、不適切な飲酒が原因と言われています。ところが、実際は酒が原因であることはなかなか表面には現れないのです。例えば、死亡診断書には心疾患や肝硬変などと書いてあっても、直接の死因がアルコールであるのにそれが記載されることはないのです。最近、特に問題となっているのは未成年者の飲酒です。

これまでアルコールについて勉強してきて、色々と話す機会が増えるとともに、書く機会も出来てきました。今回も多くのことを書いてきましたが、異議を申し立てると言われましても、異議はありませんでした。それは私は事実を書いてきたのですから。

# 〈付録一〉ＡＳＫ資料とそこで学んだこと

一、ＡＳＫで読んだ『アルコール・シンドローム』(昭和六十一年六月一日発行) から学んだこと

「来日して十四年になります。……日本については、だいたいにおいて良い印象を受けています。ただ一つ驚きを感じていることがあります。依存を引きおこす可能性の強いアルコール類が、無制限に販売されたり、アルコールについて、ほとんど無知の状態で大量飲酒したり、酒害の問題が拒絶されたりすることです。この問題に関して、日本はまだオムツをあてた状態であるといわねばなりますまい。……数年前、北海道で、酒害者のための中間施設を設立しました。……日本には、崖から落ちた人を緊急に運ぶ救急車のような働きをもつ施設がなんと不足していることでしょうか、なぜ日本人は、崖の上に垣根を作らないのでしょうか。……アルコール・シンドロームが垣根作りの初めとなることを強く期待しています。……青少年に対する直接的な啓蒙活動や視聴覚教材、酒害者の救急車としての施設経営を通して、私たちも別の方向から垣根作りを始めております。……共に頑張りましょう」

二、ASKで読んだ「欲求と戒め」(「アルコール依存症を知る」『誌上より』)から学んだこと

「人間社会の中には、法律や道徳があって、秩序を乱すような行為を禁じている。……それは、人間の中にお互いに滅ぼしかねない性質があることをよく知っているからである。……戒めの形で表されることが多い。戒めは人間を破壊から救う目的を持ったありがたいもの。……戒めの中にこそ、本当の人間愛がある」

（資料①）童話の里　酒害相談会配布プリント

1996.5.22(水)

## @アルコール依存症とは、

（１）誰でもかかる病気

（２）飲酒のコンロールを失う病気

（３）『否認』をともなう病気

（４）進行性で死に至る病気

（５）治癒はないが回復できる病気

（６）家族を巻き込む病気

（７）回復には援助を必要とする病気

（８）一生つきあっていく病気

（９）全身の臓器障害の病気

1996.5.22(水)

# アルコール＝嗜好品

栄養物ではないが、好んで食べたり、飲んだりするもの

# アルコール＝薬物

## 【アルコールの吸収と肝での代謝】

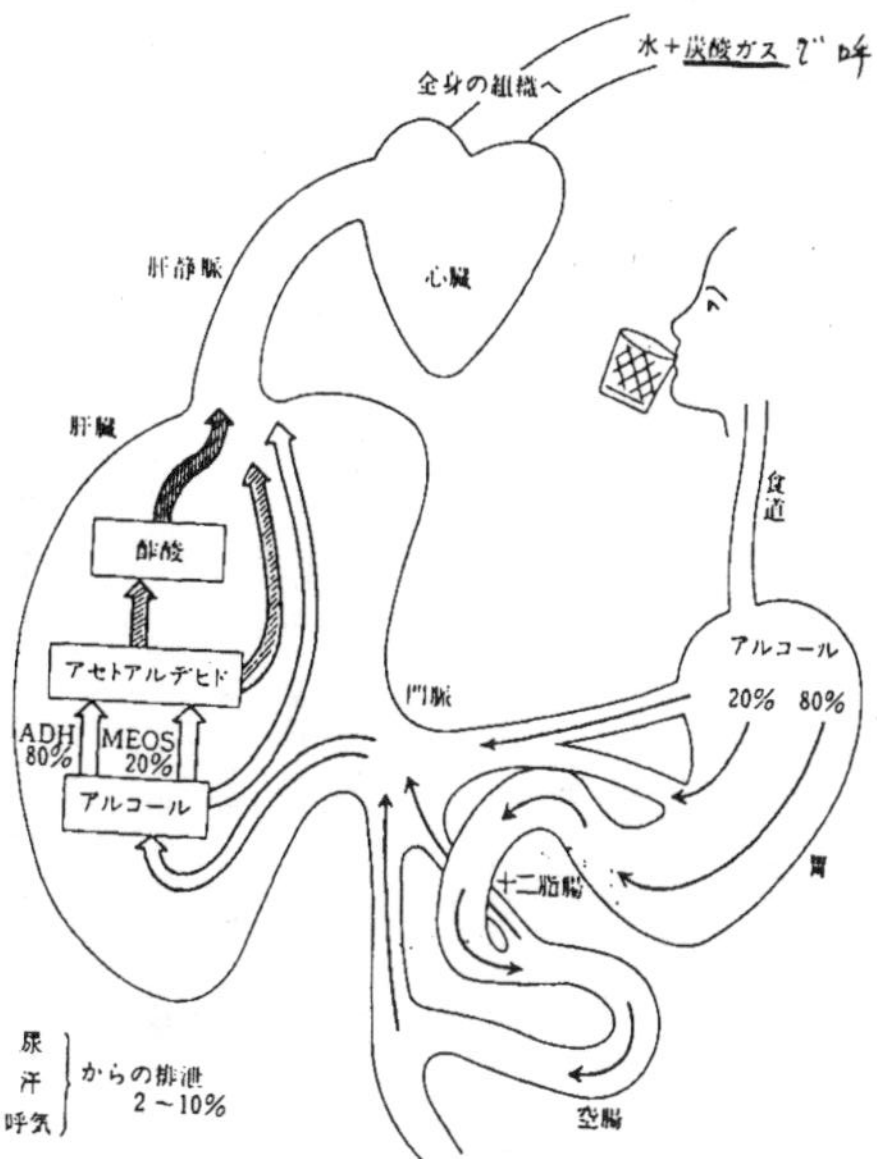
水＋炭酸ガスで呼吸系がいかれます


口から入ったアルコールは胃から20%、小腸から80%が吸収され、大部分肝臓でアルコールからアセトアルデヒドを経て酢酸にまで酸化される。
（石井裕正「酒学のすすめ」(昭和54年)より引用）

図2　アルコールの吸収と肝での代謝

1996.5.22(水)

アルコールは、
どのようにして
解毒・代謝されるか？

エチルアルコール

↓ アルコール脱水素酵素

アセトアルデヒド

↓ アセトアルデヒド脱水素酵素（4種類）

酢酸

↓

炭酸ガス（$CO_2$）

＋

水（$H_2O$）

7）内分泌

a．アルコール性利尿

b．男性ホルモン分泌低下（前立腺の萎縮・性欲減退・インポテンツ）

c．偽クッシング症候群

8）アルコール性横紋筋ゆう解症

## アルコールによる骨・関節疾患

1）特発性大腿骨骨頭壊死症

2）骨粗しょう症

## アルコール関連神経系疾患

1）アルコール依存症に起こりやすい神経系疾患

a．ウェルニッケ・コルサコフ脳症

b．ペラグラ脳症

c．中心性橋髄鞘融

d．マルキアファーバー・ビグナミ病

e．アルコール性層性皮質硬化症

f．アルコール性小脳変性症

g．アルコール性脊髄症

h．亜急性連合性脊髄変性症

i．アルコール性ニューロパチー

j．肝性脳症

k．硬膜下血腫

2）アルコール依存症における知的障害

## アルコールによる筋肉障害

a．急性アルコール性ミオパチー

b．慢性アルコール性ミオパチー

c．潜在性ミオパチー

## 胎児性アルコール症候群

## アルコール依存症は、全身の臓器障害

### 内科領域から見たアルコール関連疾患

1）肝臓障害

イ）アルコール性脂肪肝　　ハ）アルコール性肝硬変

ロ）アルコール性肝炎　　ニ）重症アルコール性肝炎

2）消化器疾患

イ）食道

a．食道静脈瘤　　b．食道癌

ロ）胃

a．アルコール性急性胃病変

b．マロリーワイス症候群

c．慢性胃炎

d．胃潰瘍

ハ）小腸・大腸

a．下痢症状＋便秘－－→アルコール性neuropathyによる

b．大腸癌

ニ）膵臓

a．アルコール性膵炎

3）糖尿病

4）循環器疾患

a．虚血性心疾患

b．脳血管疾患（脳出血、脳梗塞）

c．アルコール性心筋症

5）血液・造血器障害

a．赤血球系の異常（貧血）

b．白血球系の異常

c．血小板系の異常（アルコール性血小板減少症）

6）感染症および免疫異常

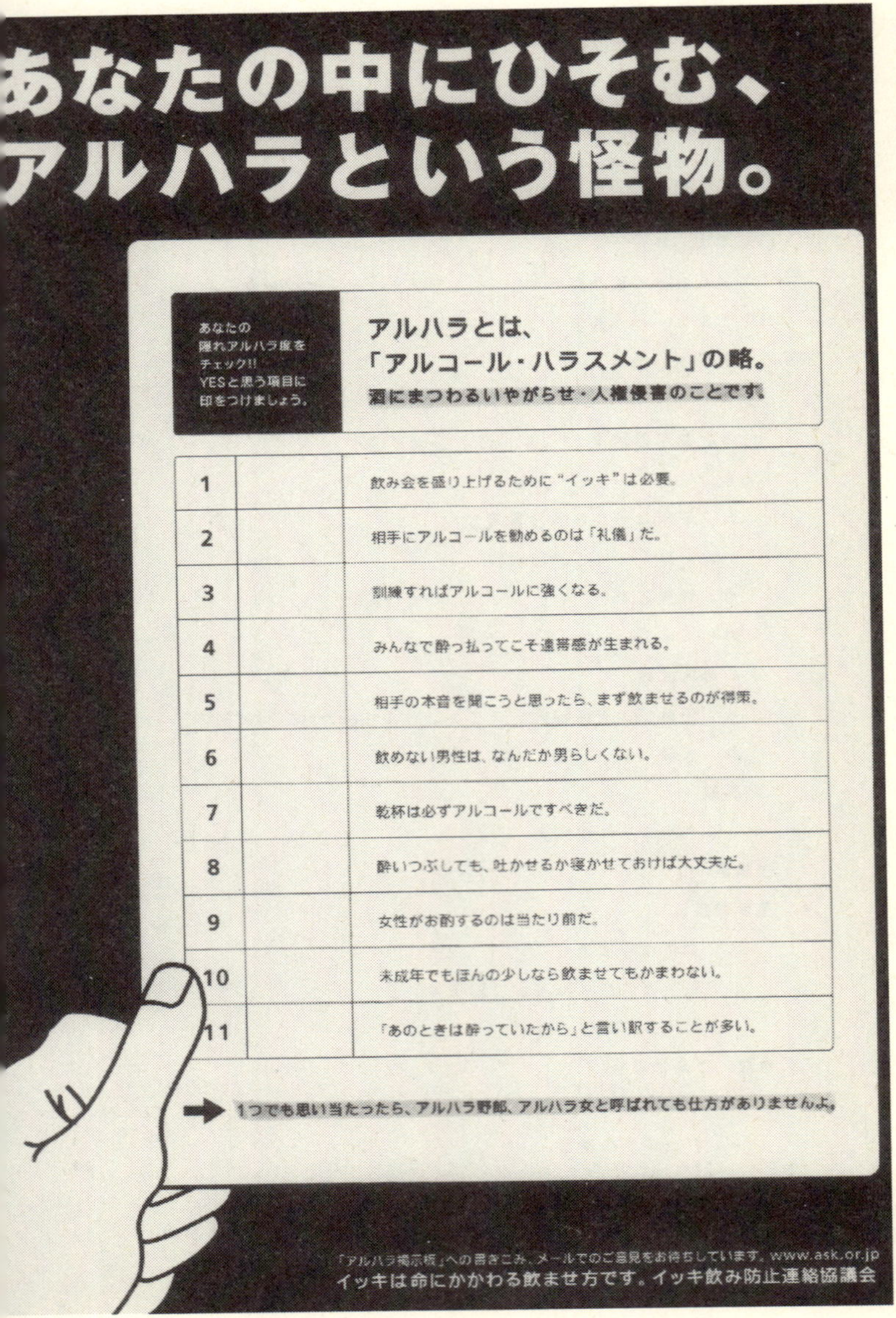
あなたの中にひそむ、
アルハラという怪物。
あなたの
隠れアルハラ度を
チェック!!
YESと思う項目に
印をつけましょう。
アルハラとは、
「アルコール・ハラスメント」の略。
酒にまつわるいやがらせ・人権侵害のことです。
1 飲み会を盛り上げるために“イッキ”は必要。
2 相手にアルコールを勧めるのは「礼儀」だ。
3 訓練すればアルコールに強くなる。
4 みんなで酔っ払ってこそ連帯感が生まれる。
5 相手の本音を聞こうと思ったら、まず飲ませるのが得策。
6 飲めない男性は、なんだか男らしくない。
7 乾杯は必ずアルコールですべきだ。
8 酔いつぶしても、吐かせるか寝かせておけば大丈夫だ。
9 女性がお酌するのは当たり前だ。
10 未成年でもほんの少しなら飲ませてもかまわない。
11 「あのときは酔っていたから」と言い訳することが多い。
1つでも思い当たったら、アルハラ野郎、アルハラ女と呼ばれても仕方がありませんよ。
「アルハラ掲示板」への書きこみ、メールでのご意見をお待ちしています。www.ask.or.jp
イッキは命にかかわる飲ませ方です。イッキ飲み防止連絡協議会

# 飲酒にまつわる「メカニズム」「人権」「責任」

## 「酔い」のメカニズム４段階

「酔う」とは脳がマヒすることである。

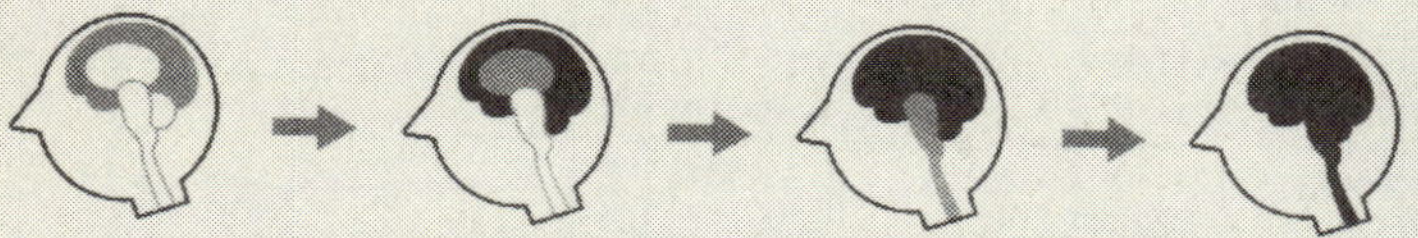

**1 ほろ酔い**

アルコールの作用で大脳新皮質がマヒ、理性の抑制がはずれる。また一方で、気分がほぐれ、リラックスできるという効用も。飲酒を「百薬の長」にするには、この段階でつきあうことだ。

**2 酩酊**

大脳辺縁系にマヒが及び、「酔っぱらい」状態に。同じ話を繰り返す、となりの人にからむ、ロレツがあやしい、足元がふらつく――こんな兆候が出たら飲むのは即ストップ。

**3 泥酔**

マヒは大脳全体に広がり、脳幹や脊髄にも及び始める。「酔いつぶれ」状態。吐いたものをつまらせて窒息の危険もあるため、絶対に一人にしない。誰かが付き添って病院へ。

**4 昏睡→死**

マヒは脳幹、脊髄から、呼吸中枢のある延髄へ。ここがやられてしまったら、あとは死だ。たたいても、つねっても反応がなかったら、一刻を争う。とにかくすぐに救急車を！

## アルハラの定義・５項目

アルハラとはアルコール・ハラスメントの略。飲酒にまつわる人権侵害。命を奪うこともある。

1. **飲酒の強要**
   上下関係・部の伝統・集団によるはやしたて・罰ゲームなどといった形で心理的な圧力をかけ、飲まざるをえない状況に追い込むこと。
2. **イッキ飲ませ**
   場を盛り上げるために、イッキ飲みや早飲み競争などをさせること。「イッキ飲み」とは一息で飲み干すこと。早飲みも「イッキ」と同じ。
3. **意図的な酔いつぶし**
   酔いつぶすことを意図して飲み会を行なうことで、傷害行為にもあたる。ひどいケースでは吐くための袋やバケツ、「つぶれ部屋」を用意していることもある。
4. **飲めない人への配慮を欠くこと**
   本人の体質や意向を無視して飲酒をすすめる、宴会に酒類以外の飲み物を用意しない、飲めないことをからかったり侮辱する、など。
5. **酔ったうえでの迷惑行為**
   酔ってからむこと、悪ふざけ、暴言・暴力、セクハラ、その他のひんしゅく行為。

## コンパ主催者・幹事の「責任」３ヶ条

1. 主催者・幹事には、アルハラのない飲み会を行なう責任がある。飲めない人のためにノンアルコール飲料を用意すること。
2. 「吐かせればよい」という考え方は非常に危険。主催者・幹事は、「吐く人の出ない飲み会」にするよう心しなければならない。
3. 酔いつぶれた人が出た場合には、主催者・幹事に保護責任が生じる。絶対に一人にせず、意識がない場合は救急医療につなげるなど、最後まで責任をもたなければならない。

（資料③）久里浜式アルコール症スクリーニングテスト（KAST）

（提供：国立療養所久里浜病院）

## 久里浜式アルコール症スクリーニングテスト（KAST）

| ［質問内容］<br>最近6カ月の間に次のようなことがありましたか？ | ［回答カテゴリー］ | ［点数］ |
|---|---|---|
| 1．酒が原因で、たいせつな人（家族や友人）との人間関係にひびが入ったことがある | ある<br>ない | 3．7<br>−1．1 |
| 2．せめて今日だけは酒を飲むまいと思っても、つい飲んでしまうことが多い | あてはまる<br>あてはまらない | 3．2<br>−1．1 |
| 3．周囲の人（家族・友人・上役など）から大酒飲みと非難されたことがある | ある<br>ない | 2．3<br>−0．8 |
| 4．適量でやめようと思っても、つい酔いつぶれるまで飲んでしまう | あてはまる<br>あてはまらない | 2．2<br>−0．7 |
| 5．酒を飲んだ翌朝に、前夜のことをところどころ思い出せないことがしばしばある | あてはまる<br>あてはまらない | 2．1<br>−0．7 |
| 6．休日には、ほとんどいつも朝から飲む | あてはまる<br>あてはまらない | 1．7<br>−0．4 |
| 7．二日酔いで仕事を休んだり、大事な約束を守らなかったりしたことがときどきある | あてはまる<br>あてはまらない | 1．5<br>−0．5 |
| 8．糖尿病・肝臓病・または心臓病と診断されたりその治療を受けたことがある | ある<br>ない | 1．2<br>−0．2 |
| 9．酒がきれたときに、汗が出たり、手が震えたりイライラや不眠など苦しいことがある | ある<br>ない | 0．8<br>−0．2 |
| 10．商売や仕事上の必要で飲む | よくある<br>ときどきある<br>めったにない・ない | 0．7<br>0<br>−0．2 |
| 11．酒を飲まないと寝つけないことが多い | あてはまる<br>あてはまらない | 0．7<br>−0．1 |
| 12．ほとんど毎日3合以上の晩酌（ウイスキーなら¼本以上、ビールなら大瓶3本以上）をする | あてはまる<br>あてはまらない | 0．6<br>−0．1 |
| 13．酒の上の失敗で警察のやっかいになったことがある | ある<br>ない | 0．5<br>0 |
| 14．酔うといつも怒りっぽくなる | あてはまる<br>あてはまらない | 0．1<br>0 |

［評価方法］
重篤問題飲酒群……2点以上
問題飲酒群…………2〜0点
問題飲酒予備軍……0〜−5点
正常飲酒群…………−5点以上

## 〈付録二〉親族関係

### （父方の関係）

・祖母の弟　大正十四年一月　二十七歳、結核で死去
・祖父　昭和三年十一月三十日　三十八歳、糖尿病で死去
・曾祖母　昭和十四年四月十三日　七十八歳（飲酒とボケ）で死去
・伯父　昭和二十年六月十三日　二十七歳、戦死
・祖母　昭和四十三年三月二十六日　七十七歳、高血圧で死去
・義理の弟　昭和五十五年八月二日　三十五歳、血液の病気で死去（妹と二人で看取る）
・父（大正十二年生れ）
・母　平成二年七月二十五日　六十九歳、胃癌で死去
・伯母　昭和五十七年二月二十五日　六十九歳、高血圧で死去
・伯父　平成四年六月十六日　八十一歳で死去
・A家（祖母のいとこ）　昭和四十七年十月十一日　七十一歳で死去
・祖母のいとこの妻　平成十二年十一月　九十一歳で死去

・B家（祖母のいとこの長男）　平成五年四月七日　五十六歳で死去
・B家の長男の妻であり、A家の娘　昭和三十五年B家の跡継と結婚
・B家の長男　現在、市の職員
・B家の三男　昭和二十年六月生れ　のちに私の実家の養子となる

祖母の話によると、祖父が若くして逝っていますす故、A家の祖母のいとこが父達の親代りだったということです。しかし祖母達のA家にお世話になったことのお礼は、すでに終っている、するだけのことはしたとのことで、自分（祖母）が逝ったあとのおつき合いはいらないと申しておりました。

B家の弟さんのことを話しておりましたが、彼の結婚はA家一族による一方的なものでした。父上が何かわからない血液の病気で逝ったとのことで、私にはB家からの求婚を受けてはいけないと言いました。祖母の忌明けと同じくして養子の話が持ち上がっておりました。

私が他家に嫁に行きますと断りました時の話です。猟の帰りに、A家のご主人と猟仲間だった方が我が家に立寄られましたが、その仲間の方が媒酌人をして下さいました。

・媒酌人（C家）　昭和五十九年一月二十七日　七十一歳、膵臓癌で死去
・媒酌人の妻　（大正十一年生れ）
・C家の跡継　養子。現在、市の職員
・C家の嫁　昭和五十四年十一月三日に結婚。M家よりD家長男夫婦の媒酌で結婚。彼女が幼い頃からD家はM家とのつき合いがあり
・C家に来た養子（跡継）の父親（E家）　平成五年六月二十日　七十六歳で死去
・C家に来た養子（跡継）の母親　平成十二年七月二十七日　七十五歳で死去
・E家の長男（跡継）
・E家の長男の妻

（母方の関係）
・祖母　昭和三十三年九月九日　六十一歳で死去（祖母の死去後、再び東京へ）
・祖父　昭和四十五年三月二十三日　七十七歳で死去（私は祖父の死去を知ることはありませんでした）
・叔母　昭和六十一年九月一日　五十一歳で死去

・叔父　　昭和六十二年八月三日　五十二歳で死去

昭和四十五年十一月三十日の妹（次女）の結婚式以来一度も、叔父と会うことはありませんでした。

妹の結婚に関しては、嫁に出すことになっていたのですが、B家の三男には養子ということでの話でした。

伯父と伯母が妹の媒酌人をしたのですが、伯父は「俺は媒酌人などするのではなかった」と言っていました。

（私の夫の関係）

・夫の母　　昭和二十三年十二月九日　三十八歳で死去（夫十一歳の時）

母親死去ののち、夫は父親から背中をベルトで叩かれたりするなど、死ぬかと思う暴力にあったとのことです。

・夫の祖父　　昭和三十一年二月十八日　八十三歳で死去

・夫の父　　昭和四十四年五月十九日　六十六歳で死去

父の亡くなった年の十月十六日が、私達の結婚式でした。私の伯母は、このように急いで結婚式を挙げる必要はないと反対していました。

・夫の兄　（昭和八年生れ）N製薬会社宣伝部。のちに宣伝部長となる

・夫の祖母　昭和四十五年十二月十七日　八十八歳で死去

（一緒に生活していた叔父・叔母の関係）

・夫の叔母　昭和二十五年十月　三十二歳で死去（子供さんを道連れに自殺したとのこと）

（夫の祖父母の次男一家）

・叔母　昭和五十年五月　六十七歳で死去

・次女　昭和五十八年四月　年齢不明　嫁ぎ先で自殺

・長男の嫁　平成四年三月十八日　五十二歳で死去（義母と同じ病気にかかり、同じ状態で死を迎えたとのこと）

・叔父　　平成六年六月十九日　八十?歳で死去

※平成三年一月に、私が「次男の嫁として認めて頂けますか」とお願いした時のことですが、叔父が長男の嫁にまで暴力をふるっていたとの話を聞いていました。その後、本人からもその話を聞きましたが、彼女は五十二歳という若さで亡くなりました。

（夫の祖父母の四男一家）

・叔父　　平成九年四月二十八日　八十一歳で死去

叔母との二人暮らしで、子供は県外に住んでおります。平成三年一月に、同じく「嫁として認めて頂けますか」とお願いに上がりました時に、兄弟の話をして下さいました。

（夫の祖父母の三男一家）夫の親代りＤ家

・叔父　　昭和五十八年四月十三日　七十三歳で自殺

※叔父は最初から、私に「何も言うな」と申しておりました。媒酌人であるＣ家の話と違い、「Ｄ家が嫁にとる」とのことでした。

・Ｄ家長男　　（昭和十五年生れ）

・Ｄ家長男の嫁　　（昭和十九年生れ）

・Ｄ家長男の娘（長女）　　（昭和四十二年四月生れ）

Ｄ家の長男の方は、仕事で実家のそばに来られました時に、私の父と酒飲み友達になっておりました。それ故か、夫の親代りをしているのだから夫を養子にやって良いと言っておりました。人の人生をどのように考えていたのでしょう。

Ｄ家の叔父が自殺する前に私に言い残した言葉は、「結納金ではなく、夫の借金を払ってもらった方が良かった」というものでした。また、自身の長男の嫁取りに際しては、結納金は嫁入り道具（品物）でしてあるとのことでした。結婚の時、嫁の両親はすでに他界されていたとのことです。嫁は、私達の媒酌人と二軒で、伯母の嫁ぎ先の本家まで、どれだけの嫉妬だったでしょうか。私には何も関係はありませんでした。

現在、長女は国家公務員。看護婦をしておられます。看護婦の職務とはどのようなものでしょう。自由とは、言いたい放題、したい放題ということなのでしょうか。

著者プロフィール

**秋山　くに子**（あきやま くにこ）

1947年（昭和22年）長崎県に生まれる。
自分の体験を通して、現在もアルコールの害について考えている。



**たえしのぶ花** アルコール依存症と共に

---

2002年12月15日　初版第１刷発行

著　者　秋山 くに子
発行者　瓜谷 綱延
発行所　株式会社文芸社
〒160-0022　東京都新宿区新宿１－10－１
電話　03-5369-3060（編集）
03-5369-2299（販売）
振替　00190-8-728265

印刷所　株式会社ユニックス

---





ISBN4-8355-4808-6 C0095